JN072568

京都伏見のあやかし甘味帖

欠けた朱雀の御石探し

柏てん

宝島社文庫

宝島社

CONTENTS

もくじ

京都伏見の

京都伏見のあやかし甘味帖

欠けた朱雀の御石探し

プロローグ

何かがおかしい。
朝食を用意しながら、虎太郎《こたろう》は思った。
それは今に始まったことではなく、故郷から戻って以来、絶えずそう感じ続けていた。
寝起きがどうもすっきりしない。何かとても大切なことを忘れている気がするのだ。
だがいくら考えても、それがなんなのか分からない。
考え込んでいると、飼い主より早く目覚めたらしい狐が食卓にやってきた。
「おはよう」
『おはようございます。虎太郎殿』
「れんげさんはまだ寝てはるん？」
『もうすぐいらっしゃいます！』
眠っているれんげの寝顔を見てから布団を這い出して、朝食を用意するのは幸せを実感する瞬間だ。

虎太郎がそんな幸せにひたっていると。

『最近の虎太郎殿はなんだか輝いておりますなぁ』

感心したように狐が言う。

プロポーズが成功し、就職も決まって公私ともに充実しているという実感があった。一か月行方をくらませたせいで留年の危機ではあるものの、世間的には輝いていると言われてもおかしくない状況である。

「そうかなぁ」

脂下《やにさ》がる虎太郎に、クロはうんうんと頷いた。

『そうですとも。やはり天女様の加護は偉大ですなぁ』

この段階でようやく、自分たちの会話がかみ合っていないことに気付く。

「加護？　俺に加護ついとるん？」

『ええ、もうはっきりくっきり』

天女様、という言葉に心当たりがないわけではなかった。丹後で虎太郎を助けてくれた天女。彼女の加護によって、クロには虎太郎の姿が以前とは違って見えるらしい。

そう言われてみれば、全く心当たりがないわけでもない。

例えば、今も悪気なく楽しそうにしている狐の姿が、いつもよりはっきりとしている気がする。前は輪郭がぼんやりとしていたのが、今はその毛の一本一本、毛艶まではっきりと見ることができる。近眼で眼鏡なしの生活が考えられない虎太郎にとって、少し離れてもはっきりと視認することのできるその姿は、周囲から浮き上がって見える。

そして、心当たりはそれだけではなかった。

ふとした時に、人ではない何者かの声が聞こえたり、姿が見えたりするのだ。

例えば木枯らしの中になにやらハンカチが浮いているなと思ったら、天衣《てんえ》をはためかせた風神がいたりする。

最初は見間違いかと思ったが、似たようなことが続くにつれこれは気のせいではないと思うようになった。

そもそも、不思議なものを視るのは今に始まったことではない。それこそクロに始まり、れんげと過ごすようになってから色々なものと出会ってきた。

それらは本来、人とは相いれない恐ろしいものなのかもしれない。危険な目に遭《あ》ったこともある。

けれどただ怖いというだけでなく、その出会いによって心が温かくなったり、励まされることも多くあった。

人付き合いが苦手でうまく人の輪に入ることのできなかった虎太郎にとって、彼らとの関わりはそう悪いことばかりでもないのだ。

つい先ごろに出会った天女もそうだった。

恨みを抱いた古《いにしえ》の皇子に体を奪われそうになっていた虎太郎の中で、天女は家族の姿となって心を護ってくれた。

天に戻る術を失い、ようやく得た家族すら失った彼女は、家族を亡くした虎太郎の心に共鳴していたのだ。おかげでどうにか、こうして無事に元の生活に戻ることができた。

そして天女だけでなく、れんげに協力してくれた神々。なにより鬼たちの尽力がなければ、未来は違っていただろう。

だから不思議なものの姿がよりはっきりと見えるようになっても、虎太郎は忌避感を抱いたりはしなかった。それにそれが見えるからといって、なにか不都合があるわけではない。

大抵のものは、虎太郎のことなど気にもしない。ちらりと視線を寄越すことはあるが、それだけ。

こちらに害がないのならば、気にすることはない。近頃感じる違和感に対し、虎太郎はそう割り切っていた。

もっとも、先ごろの行方不明事件によってやることが山積みだったので、ただ視えるだけの異形たちにかまけている時間がなかったともいえるのだが。

目前の卒業と就職のために、虎太郎は必死だった。

だから何かがおかしいと思いつつも、目の前の変化をそのままにしてしまったのだ。

京都伏見のあやかし甘味帖

一折

正月準備

京都に来て始めて迎える年末を前に、れんげは年越し準備に追われていた。

自宅のそれではない。

どうしてよそ様の家で年越し準備をしているのかを説明するために、少しばかり時間を巻き戻すとしよう。

ある日れんげは、村田《むらた》から物件の掃除の手伝いをしてほしいと頼まれた。

粟田口《あわたぐち》不動産は基本的に常駐しているのが村田とれんげ二人だけという零細企業だ。やれと言われれば何でもやるのがれんげの仕事だ。

なので今までにも似たようなことが何度かあり、れんげはさほど気にすることもなく指示された場所に向かった。

指示された住所は八坂《やさか》神社に歩いていける距離。だが観光客であふれかえる花見小路からは少し距離があり、街並みは歴史的な佇まいを残しつつも、観光客はそれほど多くない辺りだ。歴史的な花街というだけあって、ディープな街並みと趣のある建築物が入り混じる。

そしてれんげは目的地に気付いて足を止めると、しばらくその建物を見上げていた。見上げると言っても、高さはせいぜい二階建てほど。

小さく見える典型的な町家づくりで、焼き杉板の壁に犬矢来《いぬやらい》が取り付けられている。

なにがしかの店舗であることを示す看板もなく、一見してただの民家のように見えた。だが観光需要があり地価の高いエリアであることから考えて、ただの民家とは考えにくい。

またしんと静まり返っているものの、軒先には『笑門』と墨書きされたこのあたり特有のしめ縄が掲《かか》げられ、空き家ではないことが分かる。正月飾りであるはずのしめ縄が年の暮れに飾られているということは、一年の間ずっと飾られていたということだ。一年中しめ縄を飾るという風習は、三重県の伊勢志摩《いせしま》地方と京都は祇園《ぎおん》付近に限られる。

一年間飾られたしめ縄は、すっかり草臥《くたび》れて己の役目を終えるのを待ちわびているように見えた。

ちなみに『笑門』の意味は、本来蘇民将来《そみんしょうらい》の一族であることを示す『蘇民将来子孫家門』を省略して『将門』だったものが、平将門《たいらのまさかど》と同じ文字であることを嫌って笑の字をあてたものだと言われる。

八坂神社に古くから祀《まつ》られる牛頭《ごず》天王は、かつて中国の地で富豪の巨旦《こたん》将来に追い払われ、その兄である貧しい蘇民将来に歓待されたことに恩義を感じ、疫病からその一族を護《まも》ると約束した。だが一方で巨旦を一族郎党滅ぼすという恐ろしい神であった。

一年中しめ縄を飾る風習は牛頭天王と蘇民将来の約束にあやかって、自らも蘇民将来の一族であると示すことで病を退けようというものだ。

だから牛頭天王にしてみれば、なぜ笑門なのかと戸惑うかもしれない。

玄関先は綺麗に掃き清められ、冬の冷たい空気も相まってなんとも清々《すがすが》しい。入り口の傍《かたわ》らには鉢植えのリュウノヒゲが植えられ、限りある空間に緑を添えていた。

さて、てっきり空き家の掃除だろうと思っていたれんげは、本当にここで合っているのだろうかと何度も村田からのメールを確認する羽目になった。

しかし何度確認しても、指定の住所はこの建物を指している。ならばいつまでも立ち止まっていても仕方ないと、目の前の格子戸に手をかけた。

「ごめんください」

格子戸の向こうは玄関で、三和土《たたき》の向こうに板張りの床が広がる。家の中もひんやりとしていて、気温も外と殆ど変わりがないようだ。

『誰もいらっしゃらないのでしょうか？』

傍らにいたクロが、不思議そうにしていた。

反応がないので、れんげはもう一度声をかける。今度は先ほどよりも心持ち声を大きくした。

「ごめんください」

己の声が、飴色の床を滑っていく。天井は高いのに鴨居が随分と低い。日本人でも少し身長が高ければ頭をぶつけてしまいそうだ。随分と古い建物なのだろうと感じた。

ふと、奥から返事のようなものが聞こえた気がした。

しかし誰かが近づいてくる気配はない。しばらくそこで立ち尽くしていると、好奇心に負けたのかクロがふさふさの尻尾を振りながら家の中に入って行ってしまった。

『ちょっとクロ』

心の中でしかりつける。

いくら相手に見えなかろうが、許可なく家の中に立ち入るのは行儀が悪い。後を追いかけるわけにもいかないので、れんげは携帯を取り出して村田に確認の連絡を入れようとした。

だが結局それは叶わなかった。

クロが慌てた様子で家の奥から飛び出してきたせいだ。

『た、大変ですれんげ様！　人が倒れておりますーっ』

なんだか前にも似たようなことがあったなと思いつつ、れんげは慌てて靴を脱ぎすて上がり框《がまち》に踏み込んだ。

家の造りは変わっていて、入り口から入ってすぐの部屋は洋間になっていた。それもモダンなバーだ。絨毯が敷かれ、足の長いスツールが横一列に並び、カウンターの向こうは小さなキッチンになっているようだ。

外観からてっきり家の中も伝統的な日本家屋を想像していただけに、これは予想外だった。

洋間から続きになっている和室は、床の間のある立派な造りだ。奥には坪庭まである。おそらくここは客を出迎えるための部屋なのだろう。

クロは坪庭を囲う濡れ縁を抜け、奥の部屋に入っていく。暗い和室に入ると、人が倒れているのが見えた。

⛩ ⛩ ⛩

「えろうすんまへん。驚かしてしもて」

痛みに顔を顰《しか》めながら笑うのは、絣《かすり》の着物に割烹着姿の上品な女性だった。年の頃はれんげの母親と同じかそれより少し若いくらいだ。

彼女が倒れているのを見た時は最悪の事態を想像して背筋が冷えたが、近寄ってみると意識ははっきりとしていてほっとした。

天袋から物を出そうとして足を滑らせたのだという。もともと腰痛持ちなのも加わって、痛みで動けなくなってしまったのだそうだ。

れんげは彼女に肩を貸し、指示を受けて寝間に布団を敷いてそこに彼女を横たえた。着物が皺《しわ》になるのではと危惧したが、常着の着物なので問題ないと言う。そして常備薬としておかれていた鎮痛剤を飲ませ、今に至る。

「あの、やっぱり病院に行かれた方がいいのでは……」

「暮れの病院なんてごちゃごちゃしてていやゃわ。このままでええ。寝てれば治りますさかい」

病院に行くのを勧めてみたが、これである。無理に連れて行くわけにもいかず、れんげは困ってしまった。

やれやれと思っていたところに、そういえばまだ自己紹介すらしていなかったと思い出す。

慌てていて、色々失念してしまったのだ。

「粟田口不動産から参りました。私は――」

自己紹介をしようとすると、女性は笑ってそれを遮った。

「知ってるわ。れんげさんやろ？　加奈子《かなこ》んとこの」

れんげは目を瞬《まばた》かせた。加奈子とは村田のことだろうが、その呼び方からは随分と親しみが感じられる。

どうやら村田とこの女性はかなり親しい仲であるようだ。よく見ると、その顔には村田の面影《おもかげ》が感じられる。おそらくは母親だろう。

もし彼女が村田の母親であれば、今日指示を受けていた掃除というのが業務に関係あることなのか、疑わしくなってくる。

着物に割烹着という古式ゆかしい恰好の彼女は、どう考えても物件のために手配した清掃業者には見えない。

「失礼ですが、村田とのご関係をお伺いしても？」

尋ねると、彼女は目を丸くして言った。

「いややわあの子ったら。大掃除を手伝ってもらうのに説明もせんと。こんな格好で堪忍《かんにん》な。加奈子の母でございます」

そうじゃないかと思った。れんげは口からため息が漏れそうになるのを堪えた。どうやら村田は、実家の大掃除にれんげを派遣したということらしい。

『村田殿の御母堂でございますか！』

クロは予想もしていなかったようで、驚き飛び跳ねている。

「暮れの手伝いついでに顔見せにおいでゆぅたんやけど、自分は顔も見せんとまったくあの子は……つっ」

大きなため息をついた村田の母は、腰が痛んだのか顔をゆがめた。

「安静になさってください。手伝いは私がしますから」

れんげはそう言うより他なかった。まさか一緒になって雇い主を糾弾するわけにもいかない。

「そないならお言葉に甘えましょか」

その顔に浮かんだ笑みを見たら、彼女の手のひらで転がされているような気がしてなんとも言えない気持ちになった。

⛩　⛩　⛩

村田の母は佳代子《かよこ》と名乗った。

「カヨちゃんって呼んでや」

そう言って、痛いという割にてきぱきとれんげに指示を飛ばす。

「最初に欄間《らんま》の埃《ほこり》を落としてもらってええやろか。古いもんやさかいそぉっとな。そっちに毛ばたきがありますやろ」

それが終わると、

「あらあら、えろうすんまへん。うちには掃除機なんて大層な物あらしまへんねん。箒《ほうき》やったらあるんやけどなぁ」

そんなわけではき掃除をすることになった。棕櫚《しゅろ》でできた箒など触るのも初めてだ。

「そっちが終わったらこうやさんもおたのもうします」

「え、高野山《こうやさん》ですか？」

どうして真言宗《しんごんしゅう》の総本山の名前が出てくるのかと思ったら、佳代子は若々しい笑い声をあげた。

「いややわ。お便所のことやって」

「はあ……」

なのでトイレ掃除をしていると今度は、

「あかんなぁ。『おかがみさん』の受け取り今日やったわ。どないしましょ」

などと言い出す。

「各務《かがみ》さんですか？」

人の名前かと思ったが、それなら取りに行くというのはおかしい。

「お鏡さん。鏡餅のことやで」

「ああ」

れんげは納得の声を上げた。

馴染みはないが、鏡餅ぐらいは知っている。楕円形のお餅を二段重ねにして、橙をのせたお正月の定番だ。

「ええと、よければ取りに行きましょうか？」

「あらええのん？　白川沿いの餅寅《もちとら》さんに頼んであるさかい、受け取りお願いしますわ。光秀《みつひで》さんの首んとこな」

佳代子はあっさりそう言うと、機嫌よくれんげを送り出した。自ら申し出ておいてなんだが、どうもやらされている気がしてならない。

佳代子の言葉通り『餅寅』は明智《あけち》光秀の首塚近くにある和菓子屋で、店頭には素朴な和菓子と光秀ゆかりの饅頭などが並んでいた。そこで佳代子の名前を出し、ずっしりとした鏡餅を受け取る。

重みを感じながら冷え冷えとする白川沿いを歩いていると、村田は母親にこき使われるのが嫌でれんげをここにやったのだなという気がしてきた。

なにせ『餅寅』の女将によれば、鏡餅は娘の加奈子が取りに行くとあらかじめ伝えてられていたらしいのだ。

つまり腰を痛めたから取りに行けないのではなく、最初から娘の加奈子に頼むつもりだったということだ。

まあ持病があるのだから、それが悪いとは言わないが。

少しの時間を過ごしただけだが、どうも佳代子は人を使うのが上手い。最初から手伝うつもりではあったものの、なんだかんだと色々なことをやらされてしまっている。

れんげから見ると、佳代子と加奈子はよく似た母子だ。いつの間にか人を思うように動かしてしまう不思議な力がある。

更に佳代子には、加奈子にはない迫力のようなものがある。京ことばを使うからだろうか。村田や虎太郎も京都弁を使わないわけではないが、佳代子のそれとは質が違う。

祇園という場所柄のせいか、佳代子が話すのはテレビなどで見る舞妓さんが話す言葉に近い。外の人間が想像する京都弁らしい京都弁というやつだ。

先ほどのこうやさんもそうだし、他にも知らない単語を何度も聞き返す羽目になった。

そんなことを考えつつ鏡餅を持って村田家に戻ると、驚いたことに佳代子は布団から起き上がっていた。

「あら、ご苦労さんどした。重かったやろ。待っててな、今珈琲《コーヒー》淹れたるさかい」

「いえ、あの起きて大丈夫なんですか？」

れんげが慌ててそう尋ねると、佳代子は心配するなとでも言うように手を振る。

「昼間から寝てたら体おかしゅうなるわ。怠《なま》けてええことなんかなんもあらしまへんもん」

そう言いながらてきぱきと手を動かしていた。促《うなが》されるままスツールに腰掛けると、佳代子は滑らかな動作で珈琲を淹れだした。豆を挽いてから淹れる本格派で、部屋の中には珈琲のかぐわしい匂いが漂ってくる。

「ありがとうございます」

清水焼《きよみずやき》のカップで出された珈琲は、れんげの凍えた手をじんわりと温めた。

「おいしい……」

れんげの感想に満足そうに微笑んだ後、佳代子は中断していた仕事の続きをし始めた。というのも、彼女は台所でタッパーの料理をお重に詰める作業をしていたようなのだ。

『凄いごちそうですな！』

クロが佳代子の手元を覗き込みながら、興奮したようにばさばさと尻尾を振っている。

『お揚げは？　お揚げはありませぬか？』

通じもしないのに、好物の油揚げがないかと佳代子にせっついている。

見たところ、お重の中身はおせちのようだ。だがれんげはきちんとおせちを食べる習慣がないので、入っている料理は黒豆ぐらいしか分からない。

「この料理は何ですか？」

つい好奇心に負けてそう尋ねると、佳代子が丁寧にお重の中身を説明してくれた。

「これはりゅうひ巻やね。ヒラメをお酢で〆て、昆布で巻いてありますのんや。こっちはかげん醤油で漬けた数の子。錦《にしき》市場でこうてきたかまぼこやろ。後はくるみを入れたごまめに黒豆、たたきごぼう。こっちは煮《に》染《し》めやな。それでこっちがいもぼうさんや」

いもぼうというのは京都の名物料理で、棒だらと海老芋を、時間をかけてゆっくりと煮たものだ。

おせちは店で買う物という認識のれんげにとって、タッパーから取り出される手作りと思われるおせち料理は、その手間暇を想像するだけで気が遠くなりそうな代物だった。

「それからこっちが」

そう言って佳代子が奥から運んできた二段目のお重には、なんと小さな鯛がまるまる一尾塩焼きにされている。

「にらみ鯛や」

「にらみ鯛？」

「三が日の間は、食べずに毎食テーブルに出して睨みますのんや。まあ縁起もんですわなぁ」

「はあー」

所変われば色々な風習があるものだなぁと、れんげは素直に嘆息した。

「あの子、おじいちゃんの跡継いで不動産屋なんてけったいな仕事始めてから、ろくすっぽ寄り付きもしませんのや。お茶屋が嫌やったんかなぁ」

佳代子は呆れたように言うが、その言葉にはほんの少し寂しさが滲んでいる気がした。

「お茶屋さん、ですか？」

れんげの頭に浮かぶのは、時代劇に出てくるお茶や団子を出すような店だ。だがその勘違いを察してか、佳代子がすぐさま訂正に入る。

「まあ簡単に言うと宴会場ですわなぁ。お客さんのご依頼で芸妓さんや舞妓さんを呼んで、料理はお店からお仕出しを持ってきてもらいますのんや。だからここでお客さんに料理を作ったりはせえへんのやけど」

「料理を作らないんですか？　こんなにお上手なのに」

目の前のお重に目を落としながら言うと、佳代子は満更でもなさそうにほほ笑んだ。

「うちは料理が好きやったさかい、ここで簡単な料理とお酒を楽しんでもらえるように手を入れてホームバーにしたんよ。加奈子に継いでもらお思っとったんやけど、あの子ぉはそんな気なかったみたいで、さっさと家を出てしもて。まったく薄情な子やわ」

佳代子は残念そうに言うが、その村田に雇われているれんげからすればなんとも言いようのない話だ。村田が不動産屋をしていなければ今頃れんげは無職のままである。

なのでとにかく話題を変えることにした。

「簡単なんてとんでもない。私は料理が苦手なので、こんなに作れる佳代子さんは純粋にすごいと思います」

実際、煮物を作ろうとして鍋を焦がしたり、卵を焼こうにも殻が入ったりと、れんげの料理センスは壊滅的だ。食事も虎太郎にばかり頼ってはいけないと思いつつ、ついつい頼ってしまっているのが現状だった。

「そないなら、吉田《よしだ》神社の山蔭《やまかげ》さんをお参りしたらええわ」

思いもよらない言葉に、れんげは一瞬何を言われたのか理解できなかった。

「ええと、山蔭さんというのは？」

「藤原《ふじわらの》山蔭さん。日本料理の基礎を作った人や言われてるんよ。有名な料理人さんが方々からお参りに来るんや」

以前のれんげだったなら、佳代子の提案は到底受け入れられなかっただろう。神頼みをしてなんの意味があるのかと、白けた気持ちになったに違いない。

だが今のれんげは、実際にこの世界に神と呼ばれる存在がいることを知っている。そう簡単に思い通りになるような相手ではないが、幾度もその力を目の当たりにしているのだ。

もしかしたら――という思いがれんげの胸に芽生えたのも、無理からぬことだった。目の前のすばらしい料理を作った佳代子が勧めるのだ。彼女の言葉には説得力があった。

⛩ ⛩ ⛩

「今日はありがとさんどした」

それからも色々手伝っているうちに、冬の短い日はあっという間に暮れてしまった。だがその甲斐あって古い汚れは清められ、玄関には門松の代わりに水引きをあしらった根引きの松が飾られている。

ペルシャ絨毯に似た段通《だんつう》と毛氈《もうせん》が敷かれた玄関は見た目に暖かで、正月用だという屏風には雪を被った松が雄大に描かれている。床の間には三段重ねの俵を模《かたど》った福俵が飾られ、れんげが買ってきた鏡餅と橙《だいだい》が飾られている。

正直なところ、忙しくて盆も正月もないような生活をしてきたれんげは、お正月を迎えるに当たってこんなにも色々やることがあるなんて知らなかった。

それらは母親が実家でそろえていた物とも違っていて、改めて住む場所が違えばこんなことまで違うのだなと驚いてしまう。

「れんげさんもよかったら、これ。すっかり世話になってもうたなぁ」

加奈子にと託された風呂敷包みのお重とは別に、れんげは紙袋に入った包みを渡される。中身は分からないが、ずしりと重い。おかげで両腕がすっかり埋まってしまった。

「お気になさらないでください。こちらも色々と勉強になりましたし」

お世辞ではなく、京都の伝統的な正月支度を手伝えたのは大いに勉強になった。

村田が手掛ける町家宿事業でも、今日知ったことを生かしたいと今からうずうずしている。

はじめは実家の掃除の手伝いをさせるなんてと村田に呆れていたが、今は逆にこうなることが分かった上での采配だったのではないかとすら思う。

それは別として、母親に顔ぐらい見せてやれとは思うが。

だが流石《さすが》に事情を知らないれんげが、口出しできるようなことではない。自分だって、仕事に夢中な頃は碌《ろく》に帰省もしなかった身の上だ。

「よかったら、またお邪魔してもいいですか？」

もっとこの人に教えてもらいたいことがある。れんげは強くそう感じていた。

佳代子はぱちくりと目を瞬かせる。そしてくふふと笑った。

「ふふ。やっぱり面白い子ぉやわ」

こうしてれんげは、村田の実家を後にした。

⛩ ⛩ ⛩

粟田口不動産に戻ると、れんげの姿を認めた村田が心配そうに駆け寄ってきた。時計を見ると退勤時間を過ぎている。どうやられんげのことを待っていたようだ。

年内最後の出勤日なので、事務所の中は綺麗に片づいている。村田はこちらの片づけに精を出していたようだ。

「れんげさん。随分遅かったですけど大丈夫でした？　何かあったんですか？」

黙って実家の手伝いに行かせた割に、こういうところが村田は憎めないと思う。

意趣返しのつもりで村田の目の前にあるカウンターにお重を置くと、大人しそうな京美人は気圧されたように後ずさりした。

「カヨちゃんから預かってきたの」

本人の前では結局一度も呼べなかった呼び名を口にすると、眼鏡の向こうで村田は目を丸くした。

目上の人をちゃん付けで呼ぶなんて、自分でも柄でもないという自覚はある。

「本当に一体何があったんですか⁉」

村田が素っ頓狂な声を上げた。

そんなに気になるなら自分が顔を見せればいいのにと思ったが、口にするのは野暮だろう。

「なにがあったというわけじゃないけど、佳代子さん踏み台から落ちて腰を痛めてしまったようで、色々難儀してらしたわ」

実際には立ち上がっておせちづくりをしていたくらいなのだからそこまで重症ではないのだろうが、加奈子をたきつけるためにあえてれんげはそのことについて触れなかった。

実際れんげの目論見《もくろみ》通り、目の前の上司はそわそわと落ち着かなさげだ。

「だ、大丈夫でしたか？　おかんいつも無理するから……」

村田は長い髪を振り乱して苦悩し始めた。

ボディランゲージが大げさなのは関西人だからなのか、それとも彼女個人の特性なのか。

外国人との折衝《せっしょう》に向いてそうだなぁなどと、どうでもいいことを考える。

ここでれんげを待っているくらいならば、ちょっと行って自分が顔を見せてくればいいと思わなくもない。

だがよく事情も知らない自分がそれを言うのはおせっかいだし、れんげも村田ぐらいの年の頃は、実家に顔を出すのが億劫だったので気持ちはわかる。理由は会社はどうとか結婚がどうとか、簡単に決断できないことを聞かれるのが嫌だったという単純なものだが、佳代子のように口が達者な母親であれば、忌避感はより一層高まるものかもしれない。

それでもこうして心配しているくらいなのだ。嫌い合っているわけではないのだろう。

「それじゃあ私は帰るので、重箱は村田さんから返しておいてくださいね」

言いながらタイムカードを切ると、村田は縋るような目でこっちを見てきた。

「こ、こんなに一人じゃ……」

「それではよいお年を」

困り果てたような声を上げる村田を置いて、れんげは職場を後にした。

外に出ると乾いた風が吹きつけてくる。

マフラーをきつく巻いて、気合を入れた。話に聞いていた京都の底冷えは想像以上で、東京より南にあるはずなのになんでこんなに寒いのだろうと不思議に思う。

帰ったら急いで保湿をしなければ。佳代子に貰った紙袋を片手に、れんげはそんなことを考えつつ家路を急いだ。

虎太郎の甘味日記　～試餅編～

帰宅して佳代子に貰った紙袋の封を開けると、そこには白い箱に達筆で『御菱葩』と書かれていた。一目見ただけでは、なんと読むのか分からない。

だがその下に押印された文字には見覚えがある。そこには朱色で『川端道喜《かわばたどうき》』と書かれていた。

今から半年ほど前、虎太郎にお礼のつもりで買って帰った粽《ちまき》に、確か同じ文字が書かれていた。

れんげは深く考えることもなく、食事を終えてくつろいでいた虎太郎の名前を呼んだ。

「ねえ虎太郎」

「はい？」

「今日仕事先でもらったこの箱なんだけど……」

そう言ってれんげがちゃぶ台の上に箱を出した瞬間、虎太郎が恐ろしい勢いで前のめりになった。前のめりどころではない。箱にかぶりつくような勢いだ。

「こ、虎太郎？」

『何事ですか⁉』

普段どちらかといえばゆったりとした性格の虎太郎が見せた素早い動きに、れんげとクロは驚いていた。

だがそれは虎太郎も同じだったようだ。

「こ！　これはまさか……いやでもそんなことが？」

などと、返事を求めるでもなく一人でぶつぶつと呟いている。

「れんげさん！」

叫ぶように名前を呼ばれ、れんげは思わず居住まいをただした。

「な、なに？」

「こ、こここれ、開けてみてもいいですか……？」

大きな体を窮屈そうに折り曲げて、まるで捨てられた子犬のような顔でそんなことを言う。

一体何が虎太郎をここまで動揺させているのかと、れんげは不思議に思った。

まあ今までの浅からぬ付き合いから言って、おそらく和菓子関係なのは間違いないのだが。

虎太郎は自分を落ち着けるように何度も深呼吸を繰り返すと、震える手で白い箱に手をかけた。

薄い箱のふたが外されると、中には白い半円形の餅菓子が二つ、行儀よく並べられていた。

「やっぱり！　こ、ここ、こここころみもちっ」

箱を開けて虎太郎は落ち着くどころか、鶏のようになってしまった。体も極寒の中にいるようにぶるぶると震えている。

さすがにこれには、驚きよりも心配の方が勝つ。

「あの、落ち着いて？　お菓子は逃げないから……」

なんなら二つとも食べていいから。そう言いかけて、しかし佳代子から貰った物を一つも食べないというのは、佳代子に失礼かもしれないとぼんやり思った。

貰ったからには感想が言えるようにしておきたい。

「生菓子みたいだし、みんなで食べようか？」

れんげの言葉に、虎太郎は忙しく首を振った。もちろん縦にだ。

「前にも言いましたけど、『川端道喜』ゆうのは室町時代の終わりから御所にお餅を届けていた、特別な和菓子屋さんなんです」

湯飲みに注いだお茶からのぼる湯気に目をやりながら、れんげは虎太郎の話に耳を傾けた。

「中でもこの葩餅《はなびらもち》は、本当に特別な和菓子なんです」

「はなびらもち？」

「ええ、この箱に『御菱葩《おんひしはなびら》』って書いてあるでしょう？」

ここに至って、れんげはようやく箱に書かれた文字の読み方を知ったのだった。

「あれ、でもさっきは別の名前で呼んでなかった？　こここころみもちとか」

れんげの指摘に、虎太郎はうっすらと頬を赤らめた。

「こここころみやのうて、試餅《こころみもち》です。花びら餅というのはお正月のお菓子なんですけど、川端道喜さんが十二月のうちに本番の肩慣らしとして製造販売しているのが試餅なんです。お正月に作られた花びら餅はほとんどすべて裏千家の初釜に納品されてしまいますから、一般客が購入できる機会はこの試餅以外にないんです。でも電話予約のみで、販売期間は二十七から二十九の三日間限り。毎年チャレンジしてるんですが電話がつながらんくて、諦めてました」

なるほどそういう理由であれだけ興奮していたのかと、納得がいった。

「つまり、とっても貴重なお菓子ってことなのね」

虎太郎の言葉を受けて、れんげは改めてお皿に乗せた目の前のお菓子を見た。まるで餃子の皮のように薄く伸ばしたお餅の生地に、桃色の餡のようなものがくるまれている。

クロは鼻先を葩餅に近づけて、くんくんとにおいをかいでいた。

『なにやら味噌の匂いがしますなぁ』

「味噌？」

『それにごぼうも』

「ごぼう⁉」

和菓子とは思えない素材に、思わずれんげの声が裏返る。

ようやく興奮が収まってきたのか、虎太郎が黒文字を手渡してくれた。

「まずは半分に切ってみましょう」

その言葉に従い半月型のお餅に黒文字を滑らせると、断面には薄紅色の層に包まれたごぼうと、とろりとした黄色い餡が現れた。クロの鼻を信じるなら、この餡が味噌餡ということなのだろう。

「変わった組み合わせね」

れんげ自身そう和菓子に詳しいわけではないが、そもそもごぼうや味噌という素材を甘い菓子に用いることに馴染みがない。

「このお菓子は宮中の鏡餅が基になってるんですよ」

れんげは昼間自分が運んだ鏡餅を思い浮かべる。同じ餅と名がついているだけで、随分違うもののように思えるが。

「御所の鏡餅は、紅白の鏡餅の上に、小さなお餅を薄く伸ばした葩餅を十二枚と、紅色の菱餅をそれぞれ十二枚重ねてたそうです」

「ああ、だから『菱葩』なのね」

れんげは改めて箱に書かれた文字をなぞった。

嬉しそうに笑いながら虎太郎が頷く。和菓子の話をしている時、彼は本当に子供のような無邪気な顔になる。それを見ていたら、れんげの心も思わず温かくなった。

ちなみに、現在とは違う紅白の鏡餅は、白が巨旦将来の骨を、紅が巨旦将来の肉をそれぞれに表している。

疫病を司る牛頭天王に無礼を行った巨旦を、供物として捧げるという意味を持つ呪法なのだ。

『それより早く食べませぬか？』

待ちきれないとばかりに、クロがちゃぶ台に前足を乗せてふりふりと尻尾を振っている。

れんげが先ほど半分にした葩餅の片方をクロに差し出すと、なんとも嬉しそうに鼻息を荒くして食べ始める。

「私は半分でいいから、そっちは虎太郎が食べて。ずっと食べたかったんでしょう？」

そう水を向けると図星だったのか、虎太郎は恥ずかしそうに頬を掻いた。それでもその顔からは、喜びがこらえきれずにあふれ出ている。

「それじゃあ遠慮なく」

れんげもまだ京都に天皇がいた時代の御所に遠く思いを馳せながら、半分になった葩餅を口に運んだ。

甘みのある柔らかなお餅と、蜜で柔らかく煮たごぼう。アクセントになるのは、こくのある白味噌。

「なんだか不思議」

れんげが咀嚼するとなりで、虎太郎が念願叶ったとばかりに葩餅を噛みしめている。

こんなに喜んでくれるなら、お土産に持たせてくれた佳代子には大感謝だ。

「菱葩は包み雑煮とも呼ばれとって、正月になると御所に勤める人たちに配られてたそうです。こんな風にしたお餅に、味噌を塗って鮎《あゆ》をくるんで。あ、そういえばれんげさんが住んでたところのお雑煮は、何味でしたか？」

虎太郎の問いに、れんげは記憶をたどった。

お雑煮を最後に食べたのはいつだっただろうか。それでも子供の頃、確かに母親は正月になるとお雑煮を作ってくれていた。

「うちは味噌じゃなくてすまし汁だった気がする」

「へえ、すまし汁のお雑煮ってどんなやろう。うちは白味噌やったんで、正月に作ろう思とったんですけど、そっちの方がええですか？」

こんなことにも東西の違いがあるのかと驚いてしまう。

方言や風習もそうだが、やっぱり土地が違うと食べるものが違うというのは、こうして暮してみて最も強く感じるところだ。

といっても虎太郎が作る料理はベーシックなものが多く、レシピもレシピサイトなどを見ているようなので普段はそれほど驚くようなこともないが。

だが行事にまつわる料理となると、やはり違いが顕著になるようだ。

「ううん。白味噌のお雑煮って食べたことないから興味ある」

「よかった。腕によりをかけて作りますね」

『我も！　我も食べたいです虎太郎殿！』

虎太郎の満面の笑みと食い意地の張った自己主張をするクロを見ながら、れんげは思った。

自分も彼らのために、おいしい料理を作って食べさせたいと。

そうすることで、未来の幸せにより一歩近づける気がした。

二折

初詣

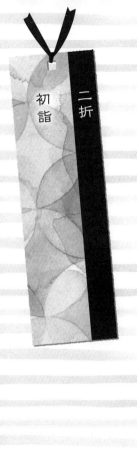

年が明けた。

れんげは初詣の行先として、吉田神社を選んだ。

例年なら初詣自体行かないことが多いのだが、吉田神社に行くことを決めたのはもちろん佳代子の助言が頭にあったからだ。

場所は京都大学のすぐ近く。

家を出る時、虎太郎の視線が吸い寄せられるようにれんげの指を見たのが分かった。虎太郎から贈られた指輪は、なくすのが怖くてなかなかつけられずにいたのだけれど、今日は特別だ。

京阪線を出町柳《でまちやなぎ》駅で下車した二人と一匹は、そのまま鴨川沿いを南下して精華《せいか》学園の手前で左に曲がる。

急ぐ理由もないのでのんびりと歩いていると、道の左側に建つマンションの一階に埋まるような形で、瓦屋根の廂《ひさし》がついているのが見えた。変わった造りに思わず目をやると、ビルから張り出した廂の上に『松井酒造鴨川蔵』と書かれていた。

酒好きなれんげには聞き覚えのある名前だ。マンションに酒蔵が併設されているなんて随分と変わっている。どうやら試飲スペースが併設されているらしく、気になって思わず立ち止まって見入ってしまった。

残念ながら、年始の営業はしていないようだ。

「今度また来ましょう」

残念に思ったのが丸わかりだったのか、虎太郎には苦笑されてしまった。

『新年早々煩悩にまみれておりますなぁ』

クロに訳知り顔で言われて腹が立つ。家でテレビを見せているせいか、語彙《ごい》が増えている気がする。生意気を言う頻度も高まっている。

「あんたには言われたくない」

朝から虎太郎の作った白味噌のお雑煮をたらふく食べた狐は、大きなお腹を仰向けにして寝ていた。それがどれほど煩悩にまみれた姿だったか。スマホで撮影して証拠を残しておけばよかったとすら思う。

まあそんなことをしたところで、この狐は写真に写ったりしないのだけれど。

「吉田神社には俺も行きたいと思ってたんです。ここには菓祖《かそ》神社があるので」

「菓祖神社？」

「田道間守《たじまもり》を祀る神社ですよ。京都の業界関係者が勧請した神社なんです」

田道間守の名前は、以前虎太郎の和菓子雑学で聞いたことがあった。

かつて垂仁《すいにん》天皇に不死の果実を探すよう命じられて海を渡り、橘《たちばな》の果実を持ち帰った人物がそれだと。

十年もの歳月をかけてようやく橘を手に入れた田道間守は、これで役目を果たせると喜び勇んで船を降りた。しかし時すでに遅く、垂仁天皇は亡くなっていた。伝説では、垂仁天皇の死を知って嘆き悲しんだ田道間守は、その墓前で自害したとされている。そのため田道間守の墓は、垂仁天皇陵のお堀に浮かぶ小島なのだそうだ。

「もう一人、林浄因命《はやしじょういんのみこと》が祀られてますね」

こちらは聞き覚えのない名前だった。

「中国の人で、お饅頭を日本に伝えた人です」

「お饅頭って中国からきたんだ」

言われてみれば、包んで蒸したり焼いたりする調理法は餃子や焼売などの中華料理と近いものがある。

「ええ。もともとは肉を包んだ肉まんみたいな料理やったんですけど、この林浄因さんが肉を食べられないお坊さんのために、葛で小豆を煮た甘いのん作らはったのが最初いわれとりますね」

ならば饅頭は精進料理の一種ということか。

先ほどの煩悩の話ではないが、甘いお饅頭がお坊さんのために作られたというのはなんだか意外だった。

「今も浄因さんの子孫の方が塩瀬《しおせ》総本家《そうほんけ》っちゅう有名な饅頭屋さんやってはりますよ。確か本店は東京ちゃうかったかな」

「あ、聞いたことあるかも」

取引先への贈答品を見繕うために行った百貨店に、そのような名前の和菓子屋があった気がする。京都どころか東京の和菓子屋の知識まである虎太郎に、れんげは妙に感心してしまった。

そこで何が面白かったのか、虎太郎が笑みを浮かべる。

「そういえば、中国で最初に饅頭を作ったのは諸葛孔明《しょかつこうめい》だって話、知ってはりますか？」

「諸葛孔明って、あの三国志の？」

れんげはどちらかというと理数系だが、流石に諸葛孔明ほどの有名人は知っている。今なお小説や映画などで取り上げられる名軍師だ。

我が意を得たりとばかりに、虎太郎はこくりと頷く。

「そうです。ある時、川が氾濫して孔明の軍が立ち往生してしまったことがあったんです。そこでどうすればいいかと地元の人間に尋ねたら、なんと四十九人の首を生贄《いけにえ》として捧げなければいけないと言われたんですね」

多分、れんげの口はへの字に曲がっていたことだろう。川を鎮《しず》めるために生贄を捧げるというのは、現代人の感覚から言わせるとあまりにも非現実的だ。

「諸葛孔明は自分の部下の首を四十九人も切るわけにいかへんから、代わりにこねた小麦に牛や羊の肉を入れて人の頭の形にしたものを祀ったそうです。翌日、氾濫は収まって無事川を渡ることができたと。めでたしめでたし」

『ほぉー、それは凄いですな！』

いつの間にか話に聞き入っていたクロが、感心したようにぶんぶんと尻尾を振っている。

考えてみればクロは神様側の――いうなれば首を捧げられる側の存在であるはずだが、肉まんで誤魔化されたことについての怒りなどはないようだ。

もっとも、れんげが危機に瀕した時以外でこの狐が怒るところというのは、あまり想像ができないが。

そんなことを聞いている間に京都大学の敷地を通り過ぎ、一行は吉田神社の一ノ鳥居の前にたどり着いた。

混んでいるかと思ったら、意外にもそれほど人は多くない。初詣はどこも混みあうイメージだったので、肩透かしを食らった気分だ。

「思ったより混んでないのね」

「吉田神社といえば節分祭ですからね」

「節分祭？」

「俺は見たことないですけど、仰山出店が出て凄い賑わいやそうです」

「そうなんだ」

砂利の敷かれた境内には、流石に少なからず人の姿があった。

御手水で手を洗い、鮮やかな二ノ鳥居をくぐって階段を上る。朝方に雨が降ったので、石段は滑りやすかった。危うく転びそうになり、れんげは咄嗟に虎太郎の腕を掴んだ。

驚いた顔をした虎太郎と目が合って、気恥ずかしくなった。石段にはしっかりとした手すりが整備されているのでそれを掴めばよかったと思っても、後の祭りだ。婚約しているのだし気にするようなことではないと思いつつ、自分から虎太郎に触れることにれんげは未だに消極的だった。

「危ないですから」

そう言って、虎太郎はれんげの手を握った。手を洗ったばかりだからか、その手はいつもと違ってひんやりと冷たかった。

⛩ ⛩ ⛩

吉田神社は八五九年、日本料理の祖として祀られる藤原山蔭が、一族の祖神を祀ったのが始まりとされる。

そもそも藤原氏とは、貴族の中の貴族ともいえる由緒正しき一族だ。その始まりはまだ、奈良に都があった時代にまで遡《さかのぼ》る。

日本人ならば歴史で必ず学ぶ大化《たいか》の改新。これは未だ豪族の力が強かった時代に、専横を振るっていた蘇我入鹿《そがのいるか》を誅《ちゅう》し、政治の主権が天皇家にあると確立させた出来事だった。

中心となったのは舒明《じょめい》天皇の第二皇子である中大兄皇子《なかのおおえのおうじ》だ。その若き皇子を補佐して政変を成功へと導いたのが、名臣と言われる中臣鎌足《なかとみのかまたり》である。

当時、中臣氏は祭事を司る一大夫の家柄に過ぎなかった。

だが鎌足の死に際に際し、中大兄皇子こと天智《てんち》天皇は新たに内大臣という職位を新設して与え、藤原という姓に改めさせた。

これによって新たに、藤原氏という大臣位に就くことのできる有力氏族が誕生したのである。

この時の都は近江《おうみ》にあり、大津京《おおつきょう》と呼ばれた。鎌足の妻鏡王女《かがみのひめみこ》は現在の山科《やましな》駅の西南西に山階精舎《やましなのしょうじゃ》を設け夫を弔った。

この山階精舎は都が平城京に移るにあたり、移築されて興福寺《こうふくじ》と名を変える。もちろん、今なお残る奈良の興福寺がそれである。

興福寺が藤原家の菩提寺である一方で、藤原家の祖神を祀るため春日《かすが》大社《たいしゃ》が造営されることとなった。これらの現在の興隆を見れば、藤原氏がどれだけ長い間権力の座にあったかということが知れるというものだ。

やがて都が山城国《やましろのくに》——つまり平安京に移ると、当時中納言であった藤原山蔭が春日大社から祖神を勧請した。それこそが吉田神社なのである。

砂利の敷かれた境内の向こうには、こんもりとした小さな山があった。かつて神が降り立ったとされる神楽岡《かぐらおか》だ。別名吉田山とも呼ばれている。

吉田神社の敷地には、この小さな山も含まれる。案内図を見るとその敷地の大部分が緑で覆われていた。鳥居をくぐった時には分からなかったが、どうやら思った以上に敷地の広い神社のようだ。

敷地内は参拝客の姿こそあるものの、混雑というほどではない。敷地が広いからそう感じられるのかもしれないが。

街中にあるというのに、突然別世界に連れてこられたかのように荘厳な雰囲気を感じた。常緑樹の濃い緑を見ていると、清々しい気持ちにさせられる。

途中、虎太郎が立ち止まり眼鏡をはずして目をこすっていた。

「ごみでも入ったの？　私が見ようか」

自分では分からないだろうと思ってそう尋ねたのだが、虎太郎は困ったように笑いながら首を左右に振った。

「いえ。視界を何か白いもんが横切った気がしたんですが、気のせいやったみたいです」

「もしかして雪？」

天気予報では終日曇りの予報だったが、確かに寒いので雪が降ってきたとしてもおかしくはない。

「いや、そんなに小さくは……」

そんな話をしながら、ざくざくと砂利の音をさせて本殿に向かう。本殿があるのは鳥居から伸びる階段を上り向かって左側だ。不思議なのは、参拝客の多くが本殿とは逆の方向へ歩いていくことだった。

そちらには龍澤池《りゅうたんいけ》という池があって、先に砂利の上り坂が続いている。坂は山の上に続いていているようだ。一体あちらに何があるのだろうか。

ちなみに事前に調べてみたところによると、佳代子の言っていた藤原山蔭が祀られているのは吉田神社の摂社である山蔭神社なのだという。

菓祖神社と同じく、近年になってから飲食業界関係者によって建立されたものなので、歴史としては浅いらしい。

だからというわけでもないが、流石に摂社にだけお参りして本殿を素通りするわけにもいかないので、最初から本殿はお参りするつもりでいた。

朱色も鮮やかな本殿に祀られているのは、健御賀豆知命《たけみかづちのみこと》、伊波比主命《いはいぬしのみこと》、天之子八根命《あめのこやねのみこと》、比売神《ひめがみ》の四柱だそうだ。

京都に来ておかしなものを見るようになってから、れんげは神社やお寺を訪れる前にそこで祀られている神様を調べるようになっていた。幸か不幸か、あやかしや神様の類と出会うことがあるからだ。

そして吉田神社に祀られる神にも聞き覚えがあると思ったら、健御賀豆知命こと武御雷神《たけみかずちのかみ》は大国主に国譲りを迫った神様だった。

れんげは薄い羽根を持つ小さな神を思い浮かべる。自らの国を追われた神。守護する民を駆逐された多くの神々。木島神《このしま》こと大国主には、それらの概念が寄り集まっていると言っていた。

木島神と共に短くとも濃密な時間を過ごしたれんげは、武力をもって国譲りを迫った武御雷神にあまり好感が持てなかった。

とはいえ、れんげも結局は国譲りの後《のち》に天照大神《あまてらすおおかみ》の子孫が統治するこの国で生きているのだ。それが正しいか間違っているかなど、判断できる立場にない。

どちらにしろ、気が遠くなるような昔の出来事だ。人の歴史ですらない、神代の出来事。

感情移入するようなことではないと、れんげはかぶりを振った。

吉田神社は厄除けで知られる神社だという。料理上達祈願でやってきたが、厄除けが叶うというのなら今年はぜひ平和な一年が過ごしたい。

去年はまるで、ジェットコースターに乗っているような一年だった。

婚約を破棄し、会社も辞めてしまった。もうなにもかもがおしまいだと思った。ビール片手に新幹線に乗ったのはやけくそ以外のなにものでもない。

なのに今では東京を離れて訪れた京都に定住することを決め、年下の大学生と再び婚約などしている。

自分でも懲りないなぁと思いつつ、今度こそ無事結婚までたどり着きたいと願う。あんな身も心もすり減るような思いは、二度とごめんなのだ。

そしてそれ以上に、もう虎太郎を一人にしておきたくない。家族の縁が薄く寂しく笑う虎太郎の傍にいたいと思う。

なんだかんだ理由をつけても、京都に残った理由はそれが一番大きい。今はもう、虎太郎と別れて東京に戻るビジョンというのが思い描けない。

そういう意味では、無茶苦茶な上司がいるとはいえ粟田口不動産に就職できたのは僥倖だった。

時間こそかかっているものの、町家の改修工事も無事進んでいる。今年の終わりごろには無事開業にこぎつけられそうだという話だ。

はじめは気が進まなかったけれど、今はどんなゲストハウスになるのか楽しみになっている。実際に京都に暮らしてみると、思った以上に外国からの観光客が多く、自分の技能を生かすことができそうだ。

『努力は自分でしますから、どうか私も虎太郎も……それにクロも、平和に一年暮らせますように』

一瞬全く別の神社の神使についてお祈りしていいのだろうかという躊躇《ためら》いが過ったが、クロだって家族だ。無事を祈る気持ちは変わらない。

「何をお願いしましたか？」

「それは……」

お参りを終えた後、虎太郎に聞かれて言葉に詰まる。

なにもやましいことはないのだから答えて問題ないはずなのに、口にしてしまうと叶わなくなる気がして、躊躇ってしまった。

そして災厄かどうかは分からないが、お参りを終えたれんげの目にその時信じられないようなものが飛び込んできた。

「え、鹿？」

「え？」

れんげの呟きに、虎太郎が驚いたように振り返る。

見たこともない真っ白な毛皮と二本の角を持つ鹿が、まるで品定めするかのようにこちらを見ていた。

今までに色々な動物の神使を見てきた。狐に鯛に、白鳥や百足《むかで》もいた。様々なものが神の使いとして崇められてきた証拠だ。もちろんその中には、鹿だっていた。七福神巡りの時に出会った寿老人《じゅろうじん》。彼に仕えていたのが鹿だったはずだ。

だが目の前に立つ鹿は、寿老人に付き従っていた鹿とは見た目も雰囲気も違っていた。

奇異な見た目はもちろんのこと、通常の鹿よりも明らかに大きい。頭が虎太郎の顔と同じぐらいの高さにあるのだ。

鹿は優雅な動きで唖然とするれんげたちの前に進み出た。お参りの時は離していた手を、虎太郎が強く握る。隣を見ると、眼鏡の下の横顔には険しい色があった。

しばらく沈黙が流れた。クロもまた警戒しつつ鹿の動向を窺っている。すぐに飛びかかっていくような無謀はしないものの、いつもふわふわの尻尾が大きく膨らんでいた。

こちらから話しかけるべきなのか、それとも今すぐに逃げ出すべきなのか。だが視線を外せば襲いかかられるのではないかという気がして、目をそらすことができなかった。鹿から敵意のようなものは感じなかったが、体が大きく巨大な角を持つというだけで、ちっぽけな人間には十分に脅威だ。

喉の渇きを感じた。

一体どれほどそうしていただろうか。

鹿は何かに気を取られたようにふっと顔を上げたかと思うと、一瞬にしてその場から姿を消してしまった。

残されたのは、立ち尽くす二人と狐が一匹。

彼らは息をつくと、困ったように顔を見合わせる羽目になった。

⛩ ⛩ ⛩

「一体なんだったのかな」

首を傾げながら、れんげたちは少し迷ったものの虎太郎が言っていた菓祖神社に向かうことにした。

怪しげなことに関わらないよう今すぐ帰ることもできたが、家に帰ったからといって妙なことが起こらないという保証はない。れんげは神様の依代になることができるという特殊な性質を持っている。下手に家に連れ帰ってしまう方がよほど厄介なことになるのは経験済みなのだ。

それに、また自分が厄介ごとに巻き込まれたら迷惑をかけると思い、虎太郎に帰ろうかと相談したのだが、意外なことに虎太郎の返事は否だった。

「なんでかは分からんのですけど、あの鹿はそんなに悪いものじゃないような気がします」

虎太郎自身も、どうしてそう思うのかは説明できない様子だった。

「もし、俺たちになにか言いたいことがあるのなら、聞いてあげたいです」

どうやら虎太郎には、あの鹿に対して何か感じるものがあったらしい。

「もしかして、お参り前に見た白いものってあの鹿だったの？」

れんげの言葉に虎太郎は少し考えた後、戸惑いがちに首を振って否定した。

「分かりません。本当に一瞬だったので」

いくら考えても、あの鹿が考えていることが分かるはずもない。

そしてすぐに、れんげと虎太郎はそれどころではなくなってしまった。

なぜかと言うと、境内の山側にある細い石の階段に、ちょこんと小さな人が座っているのが目に入ったからだ。

はじめは忘れ物の人形かと思ったが、そうではない。そしてこんなおそろしげな人形がそうそう売っているとも思えない。

なにせその人形の頭には、人ではなく牛のそれが載っていたのだ。

そしてもっと驚くことに、れんげはその人形に見覚えがあったのだ。正確には人形ではなく、彼もまた一柱の神であった。

「まさか……牛頭天王？」

頭で考えるよりも先に、れんげの口からはその名前が零れ落ちていた。

牛頭天王は顔を上げると、腰掛けていた石段から立ち上がった。

『やっときたか。待ちわびたぞ』

おそるおそる、石段に歩み寄る。近寄ってみると、牛頭天王がいる場所はちょうどれんげの顔ほどの高さだった。

さっきの待ちわびたという言葉から考えても、れんげと話すためにこの位置で待っていたということなのか。

れんげと牛頭天王の因縁は、半年ほど前まで遡る。

七月に行われる祇園祭でのこと。クロを連れ戻すためれんげは牛頭天王に出された謎解きの答えを求めて、祇園祭を東奔西走することになった。

牛頭天王とは、祇園祭の行われる八坂神社でかつて主祭神として信奉されていた神だ。だが明治に行われた廃仏毀釈《はいぶつきしゃく》で、祇園精舎の守護神という側面を持つ牛頭天王はその座を追われてしまったのである。今では牛頭天王と附会された素戔嗚命《すさのをのみこと》が、その地位についている。

信仰がほとんど失われた現代にあって、牛頭天王はこの小さな姿でようやく存在を保っている状態なのだそうだ。忘れ去られた神という点では、小さくなってしまった木島神を彷彿とさせる。

もっとも牛頭天王が完全に忘れ去られてしまったのかといえばそんなことはなく、前述した蘇民将来ゆかりのしめ縄や茅の輪くぐりなど、今でも確実にその信仰は生きているのだ。

木島神と違って牛頭天王が自分のことを忘れずにいられるのは、もしかしたらそんな違いがあるからなのかもしれない。

しかし不思議なのは、八坂神社にいるはずの牛頭天王がどうしてこんなところにいるのかということだ。

吉田神社の祀る神の中には、牛頭天王はおろか素戔嗚尊の名前さえなかった。

「どうしてこんなところに」

思わずそんな言葉が口をつく。

『とりあえず、きてくれ。話はあの社でしよう』

結局目的の菓祖神社と山蔭神社にたどり着けぬまま、れんげたちは牛頭天王の言葉に従うことになった。

⛩⛩⛩

牛頭天王は小さいので、普通に歩こうとすると時間がかかる。以前は使いの牛の頭に乗っていたが、今日は牛が不在らしい。

じりじり後ろをついて行くのもなんなので、牛頭天王にはクロの背に乗ってもらうことになった。

『ほおー、本当に牛の顔ですな!』

クロは牛頭天王と初対面なので、くんくんと興味深げにそのにおいをかいでいた。黒く湿った鼻を押し付けているのを見てひやひやしたが、牛頭天王は泰然としていた。もしかしたら牛にもにおいをかぎあって挨拶するような習性があるのかもしれない。牛の頭を持つからといって、牛頭天王が牛の習性を備えているかは謎だが。

ちなみに飛んで移動しないのか聞いてみたところ。

『飛ぶなどと風情がない』

だそうである。

飛ぶことと風情になにがどう関係あるのか分からなかったが、クロの背中に乗って飛ぶことは許容範囲のようなのでほっとした。

「絶対に落としちゃだめよ」

あらかじめクロに注意しておくと、狐はおそるおそる牛頭天王を乗せ、いつものくるくると回るような危険な飛行をしなくなった。

クロを大人しくさせたいときには、何か背中に乗せればいいかもしれないと思ったれんげである。

そして導かれたのは、二ノ鳥居のすぐ近くにある社だった。来る時には素通りしてしまったが、社の他に立派な石造りの鳥居と舞殿まである。鳥居には『今宮社』と書かれた扁額《へんがく》が掛けられていた。

「いまみや……？」

しかしこれを見ただけでは、なんの神様を祀っているのか分からない。今宮というのは、新しく祀った神という意味だからだ。

だが牛頭天王が現れたということは、彼が祀られている神社ということなのだろうか。

牛頭天王に導かれるまま、れんげたちは彼を祀る社へと向かった。

境内の奥に石柵で区切られた空間がある。そこに入った瞬間、ふっと空気が変わるのを感じた。言葉にするのが難しいが、空気の質が変わったような感じだ。

不安に思い周囲を見回してみると、明確に先ほどまでと異なる点に気が付いた。

それは空だ。

先ほどまでの曇り空はそこにはなく、そして晴れた青空でもない。そこにあったのは紫色と薄紅が絶妙に入り混じる奇妙な空だった。まるでインクを水の中に垂らしたような、美しくも奇妙な空がそこにはあった。

れんげはまたおかしなものに巻き込まれてしまったと、自分を落ち着けるよう小さく息を吐いた。

それでも不思議なほど恐ろしく感じないのは、牛頭天王が友好的な態度であることもそうだが、何より一緒にいる虎太郎の存在が大きかった。

鹿の出現からつないだままになった手が、自分は確かにこの世界にいるのだと感じさせてくれる。誰かの手をこんなにも心強いと思う日が来るなんて、想像すらしていなかった。

『さあ来てくれ。この中だ』

そう言って牛頭天王はクロに指示し、社に付随した階《きざはし》の最上段に降り立った。同時に手を触れてもいないのに、社の赤い扉が開く。

だが、中を覗くことはできなかった。それは扉が開くのと同時に、れんげは気を失ってしまったからだ。

⛩⛩⛩

気が付くと、真っ白な空間に倒れこんでいた。

いや、白いと思ったのは濃い霧がかかっていたからだ。れんげが倒れていたのは土の上だった。霧の合間に常緑樹の濃い緑が覗く。

「ここは……？」

立ち上がろうとして、虎太郎と手をつなぎっぱなしであることに気が付いた。驚いてむしろ離すまいと必死に握りしめたのだろう。虎太郎の手には強い力が籠もっていた。

自分の手も強張っていて、うまく外すことができない。

「あれ？」

ちょうど虎太郎が目を覚ました。つないだままになっている手に気付いたのか、恥ずかしそうに笑う。それはれんげも同じで、なんとも気恥ずかしい心地を味わう羽目になった。

『それにしても、随分と毛色の変わった人間を連れておるな』

霧の中から、再びクロに騎乗した牛頭天王が現れる。

しかしその言葉に、れんげは引っかかりを覚えた。毛色云々と言っているが、おそらく文字通りの意味ではあるまい。確かに虎太郎の髪はひどいくせっ毛で、色素の薄い茶色をしてはいるが。

「虎太郎になにかあるの？」

れんげは虎太郎にではなく、牛頭天王に向けて尋ねた。

人知の及ばない理は、同じく人知の及ばない存在に尋ねるしかないからだ。

牛頭天王はじっくりと二人を眺めた後、何度か小さく頷いた。顔が牛であるせいで、その仕草や表情から感情を読み取るのはなかなかに難しい。

『鬼婆のような顔をするでない』

随分な言いようである。

『悪いことではない。むしろこの社とは相性がいいかもしれん』

「一体どういう……」

『まずはこちらの話を聞いてくれ。その方が理解しやすかろう』

その後ひと呼吸分の間を開け、牛頭天王は話を続けた。

『ここはかつてあが祀られていた地。その記憶だ』

その刹那、霧が晴れるとそこは森の中だった。れんげたちが立っていたのは小高い山の頂上付近だ。そして山の下には、どこまでも緑の木立が続いている。見渡す限り豊かな森だ。緑の海が地平線まで続いている。

途中ぽつぽつと空き地のような場所があり、そこに小さな小屋のようなものが見えた。どうやら人が暮しているようだが、その造りはあきらかに現代のものではない。

「わあ」

虎太郎が小さな歓声を上げた。

そしてそこに、クロの突然の悲鳴が響く。

『おわぁぁ！』

風景に驚いているのとは違う、鬼気迫る叫び声だ。驚いてそちらに目をやると、クロの体に跨っていたはずの牛頭天王が、見上げるような大男になっている。

慌ててクロを探すと、牛頭天王の足の下でもがいていた。

「クロ！」

慌てて駆け寄り、牛頭天王の足をどかす。

『おお、すまんすまん。おぬしの存在をすっかり失念しておった』

牛頭天王は片足を上げつつ困ったように言った。悪意はないのだろうが、なにせ牛の顔。大きくなるとより一層迫力があるその顔で言われても、ちっとも安心できないのだった。

すっかり怯えてしまったクロの体を抱え、牛頭天王と向き合う。

「ここは一体どこなんですか？」

『ここはあの記憶の中だ。あは遥か西より参った。はじめは海を臨む地に祀られたが、やがてこの山に祀られたのだ』

奈良時代、遣唐使《けんとうし》として唐に渡った吉備真備《きびのまきび》は、帰国した彼は播磨国広峯山《はりまのくにひろみねやま》に宿泊した折、牛頭天王の夢を見る。

そして社を建立し牛頭天王を祀ったのが、日本で最初の祇園社となった。牛頭天王が初めに祀られたのは京都ではなかったのである。

「ではここは、昔の吉田山なんですか？」

虎太郎が問うと、牛頭天王は首を振って否定した。

『いや、今は確か瓜生《うりゅう》山と言うたか。ゆえにあは、山を降りてのち瓜生山の神ゆえに木瓜《こうり》大明神と呼ばれるようになった』

　では今宮神社に祀られていたのは、木瓜大明神と名付けられた牛頭天王だったということか。

　瓜生山は京都の東の端に位置しており、すぐ南には大津へ抜ける志賀越道《しがごえみち》という名の古い街道が通っている。

　京の昔の人々は疫病が外界からやってくると考え、大津と都を隔てる境の地に、疫病を払う力を持つ牛頭天王を祀ったのだろう。

　そして突如声が聞こえた。

『そして儂もまた、この社に合祀されることとなった』

「木島《このしま》様⁉」

　れんげは思わず声を上げた。

　まるで蜜を探す蝶のように軽やかに、見覚えのある蚕《かいこ》の羽根を持つ小さな神がどこからともなく姿を現したからだ。

「どうしてこんなところに……」

　驚くれんげに、苦笑しながら木島神は言葉を続けた。

『己が何者であるか思い出したからな。ゆかりのある神性の社であればこうして渡ってくることもできる。ここに合祀されている大己貴《おおなむち》もまた、儂の名の一つじゃ。つまりここは儂を祀る社でもあるということ。我らはこの地の産土の神。はじめ神楽岡《かぐらおか》に祀られたものを、焼けたりなんだりで山の麓にまで追いやられたのよ』

木島神は自嘲めいた顔をしていた。

神楽岡とは、吉田神社が背負う吉田山の別名だ。この地に都が築かれる前から、ここでは祭祀が行われていた。

しかし京に都が移されると、都の東の要所である神楽岡に氏神を祀りたいと藤原山蔭が申し出る。彼は帝の覚えもめでたく、願いは無事聞き入れられた。

こうしてこの地に藤原氏の守り神である武御雷神と、祖先である天之子八根命を勧請することになったのだ。

だとしたら、木島神がこんな顔をするのも無理はない。彼の本性である大国主は、他でもない武御雷神によって国を譲るよう迫られたのだ。

見ようによっては、ここでも同じことが起きたと言えなくもない。千年以上昔の、遠い遠い過去の出来事とはいえ。

れんげはなんとも言えぬ気持ちになった。

気まずい空気になりかけたところを打開したのは、腕の中で先ほどまでぐったりしていた狐だった。

クロは話の内容に構わず、嬉しそうにれんげの腕を抜け出そうとしている。興奮しているのか息も荒い。

『木島殿！　ご無事で何よりっ』

一緒にテレビを見た仲だからか、やけに親しみを覚えているらしい。あるいは小さいもの仲間として通じ合うものでもあるのか。

木島神は表情を改めると、頼りない羽根をはためかせて牛頭天王の肩に留まった。

そしてれんげと虎太郎にそれぞれ視線をやりながら、少し悪戯《いたずら》っぽい口調で言った。

『お前たちのことを牛頭天王に教えたのも、何を隠そうこの儂だ』

『そうとも。あにはお前の助けが必要だ』

れんげと虎太郎は顔を見合わせた。

牛頭天王には以前助けられた恩がある。助けが欲しいということであれば否やないが、問題は人間風情がどの程度役に立てるかということだ。

どうも先ほどの話の流れからして、この二柱はれんげの能力を過信している気がしてならない。

「でも、私でお役に立てるかは分かりませんよ」

れんげは万能ではない。それどころか、できないことの多さに自分でも眩暈がするほどだ。

だが、牛頭天王と木島神は揃って頷いた。

『よいのだ。人と神はもはや離れすぎた。特に、儂らのように古き神はな。人の世で何かしようにもわけの分からんことばかり』

木島神の顔は少し寂しげだった。

古い神というならば、それはそうなのだろう。彼らは様々な世の動きによって、本来の名すらも忘れ去られつつある神だ。

数多の神がいる日本で、古くからおこなわれていた風習や信仰は衰退の一途をたどっている。

それがいいことなのか悪いことなのかれんげは判断する立場にないが、受け継がれてきたものが途絶えてしまうのは少し惜しいと思う。

ふと、村田が跡を継いでくれないと嘆いていた佳代子の顔が思い浮かんだ。村田は村田で、自分がやりたい仕事を精力的にしている。悪意があって跡を継がないという決断をしたわけではないだろう。

佳代子の願いは当然かもしれない。だが、村田だって悪いことをしているわけではない。

れんげのように自由に職業や住む場所を選んできた人間が、勇気を持って断絶を選んだ人々を責める権利などないのだ。

そして目の前の神々もまた、己の名が消え去っていくことを受け入れている。

その在り方が、なぜだかひどく切ない。

「聞かせてください。あなたの願いがなんなのか」

気付くと、そんな言葉が口からするりと零れ落ちていた。

⛩ ⛩ ⛩

『朱雀《すざく》を探してほしい』

牛頭天王は言った。

「朱雀？」

一瞬何を言われたのか分からなかった。

「それは四神《しじん》の朱雀のことですか？」

「知ってるの？」

虎太郎には心当たりがあるようだが、れんげにはさっぱりだ。

「俺も詳しくはないんですが、ええっと、京都を護ってる聖獣？　とでも言えばええんでしょうか。玄武《げんぶ》に青龍《せいりゅう》、白虎《びゃっこ》と朱雀やったと思います。玄武はでっかい亀さんで、青龍はその名の通り龍。白虎は白い大きな虎で、朱雀は鳳凰《ほうおう》のことやと思います。俺もなんとなくそうだと思うくらいで、詳しくは知らへんのですけど」

なんだか怪獣大戦争みたいな話だ。想像上の生き物であることは間違いないが、牛頭天王が探しているというからには神様として存在しているということなのだろうか。

虎太郎に言われてれんげがそれらの名前から思い浮かぶのは、せいぜい日本酒の銘柄くらいだ。確か伏見で作られているお酒の中にも、白虎という名前のものがあったはずだが。

『そんな大層なもんじゃありゃあせんよ。お前さんらに頼みたいのは、消えた石探しだ』

「石？」

『見た方が早かろう』

牛頭天王がそう言った瞬間、驚いたことに足元にある地面が透けた。

「うわっ」

虎太郎が驚きの声を上げる。

下草の生えた地面が透過しているのだ。れんげは咄嗟に声を出すこともできず、思わず跳ねるように片足を上げてしまった。

そして透き通った地面の先に、先ほどまでいた今宮社の光景が見えた。

上空から見下ろしている格好だ。まるでネット上で地図を拡大したものを、モニターなしに見ているかのようだ。

『見ろ』

そう言われても、その言葉が何を指しているのかはじめは分からなかった。上から見ても、やはりただの社のようにしか見えない。

しいて言うなら、近年塗り直されたばかりなのか塗装は鮮やかで、古さを感じさせないということぐらいだ。そこには確かな信仰があり、現在でもきちんと手をかけられているのだろうということが察せられた。

『四隅を見るのだ』

こちらが戸惑っていることが伝わったのだろう。牛頭天王の言葉を捕捉するように、木島神が言った。

れんげは指示に従って足元を見下ろした。すると本殿を囲う玉垣の四隅に、なにか黒いものが置かれているのが見えた。

いや、正しくは四隅ではなく、三か所にのみ黒いものがあり、一か所だけが何も置かれていないのだ。

目を凝らしてよく見ると、黒いものはそれぞれごつごつとした石だった。変わった形をしており、見ようによっては動物のようにも見える。

「あれは……」

それが何なのか確認しようと、れんげは目を凝らした。

だがその答えを導き出す前に、クロが叫んでいた。

『角にある石が、一か所欠けておりますな！』

まるで間違い探しのゲームでもしているかのように、興奮して激しく尻尾を振っている。いつも顔以上に感情表現が豊かな尻尾だ。

そして結果発表を待つように、期待を込めた目で牛頭天王の顔を見つめている。

『うむ、正解だ』

表情は分からないが、明らかに微笑ましいと思っていることが伝わってくる穏やかな口調で牛頭天王が言った。

クロの喜びようは激しく、れんげの前にお行儀よく足をそろえて、褒めてとばかりにこちらを見上げてくる。

小さくため息をついて、れんげはその小さな頭を撫でてやった。その場にほのぼのとした空気が流れる。

しかしこのままでは話が進まないと思ったのか、木島神が咳払いをして概要を話し始めた。以前、しばらく行動を共にしていたので、この神はクロの無法さに耐性があるのだ。

『東南にあるのが青龍石、西南には白虎石、西北にあるは玄武石だ。残る朱雀石は傷みがひどくてな。内陣に納められていたのだが、もはや役目を果たせそうにないのだ。ゆえに朱雀石の代わりになるものを探してくれまいか』

それこそ彼らが、れんげたちの前に現れた理由のようだった。

その時、れんげはなにか違和感のようなものを覚えた。だがその違和感の正体をつかまえる前に、虎太郎が臆することもなく牛頭天王に尋ねていた。

「代わりになるもの――それは具体的にはどんなものですか？」

それは確かにその通りで、今日の今日まで四神のことすらよくわかっていなかったれんげである。いきなり代わりのものを探せと言われても、もっと詳細な条件を聞かなければ難しい。

『沢か湖畔があれば理想的であるが、そう簡単にはゆくまい。朱雀は鳳凰であるから、桐《きり》を七本植えるのでもよい。桐は鳳凰が営巣する木ゆえ』

湖畔を造成するなど問題外だし、神社の持つ敷地に勝手に桐の木を植えることなどできるわけがない。

あまりにも無理な願いに、れんげは思わず額に手を当てた。

以前助けてもらったので力になりたいという思いはあれど、流石にできることには限度がある。

「それはちょっと難しいですね」

虎太郎も引き攣った笑みを浮かべている。

そこにきて、とりなすように木島神が言った。

『あくまで理想の話だ。真に受けるでない。なにか代わりのものでよいのだ。少しでも力あるもの。鳥の形をしたものがあればよいのだ。なんとかならんか』

ここまで言われて、無理とは言えまい。

この二柱に世話になっていることは間違いないのだ。今まで神様の無茶に振り回されることの多かったれんげだが、今は自ら力になりたいという気持ちだった。

その時ふと、足元に透けて見える今宮社にお参りに来る少女の姿が見えた。小学校に入るか入らないかくらいの年頃だろうか。一人でやってきたかと思うと、社殿の前で熱心に手を合わせている。

なぜだかれんげはほっとしてしまった。木島神は自虐的に言うが、やはりこうして今も信仰されているお社なのだ。

そもそも大国主命といえば、出雲大社に祀られるような有名な神様だ。日本各地で祀られ、忘れ去られることなどそうはないだろう。

木島神が蚕の姿でいるのは、彼と出会った時に自身が大国主命であることを忘れていたからだ。

別名蚕ノ社と呼ばれる木島坐天照御魂神社《このしまにますあまてるみたま》が祀る大国魂神《おおくにたまのかみ》は、大国主命の別名であると同時に習合された各地の神々の名でもある。

日本が統一される前に、各地の豪族がそれぞれ信奉していた神々が、一つにまとめられ大国魂神と呼ばれた。

一方で、祟りを恐れ懇ろに祀られた大国魂神および大国主命と違い、牛頭天王は明治維新によって真に消し去られようとしている神様だ。

朝廷に仇《あだ》なすもの。大和朝廷から見れば、彼らは邪神であり鬼と呼ばれる存在であった。

彼を祀った祇園社は全国各地にあれど、その主祭神は既に素戔嗚命となってしまった。

かつてこの地の産土神として栄えた木瓜という名を、一体どれだけの人が覚えているだろう。

そんなことを考えていると、当の本人である牛頭天王がぼそりと呟いた。

『そろそろ限界だ』

そう言ったかと思うと、彼の体が小さくなって地面に落ちる。

慌てて手を出して受け止めようとしたところで、れんげたちも衝撃を感じた。足元で透けていた地面が、本当に底が抜けたように消え去ったのだ。

「いっ、たた」

突然のことに対処が間に合わず、れんげは大きく尻もちをついた。驚きで心臓はばくばくとうるさい音を立てているし、打ち付けた腰はひどく痛む。

「大丈夫ですか？」

虎太郎はなんとか着地したらしく、いち早くれんげに手を伸ばした。

自分の運動神経のなさが露呈したようで、なんとも気恥ずかしい。

「あ、ありがとう」

虎太郎の手を借りて立ち上がり、尻もちをついてしまった腰の部分を軽く手で払う。

下は土だったので怪我こそしなかったが、残念なことに服に少し土がついてしまった。

そんな時、不意に声をかけられた。

「お姉ちゃんたちどこから来たん？」

弾かれるように、れんげは声のした方向を見た。そこにいたのは、先ほど見かけた、熱心に祈っていた少女だった。

慌てて周囲を見回すが、どうやられんげたちが落ちてきたところを目撃したのは彼女だけのようだ。

「あ、走ってたら転んじゃったんだ。びっくりさせてごめんね」

子供の相手などどうしていいか分からないが、とにかく自分たちが突然現れたことは誤魔化さねばならない。

自分でも引き攣《つ》った笑いをしていると思いつつ、どうにか声をかける。

少女は不思議そうな顔のままれんげに近寄ると、泣きそうな顔でこちらを見た。

「だいじょうぶ？　あんよいたい？」

こんなに怪しい相手まで心配してくれる少女の優しさに、なんとも言えない罪悪感を覚える。

そして同時に、もしかしたら見た目よりももっと年齢が下かもしれないと考えた。

言葉や仕草が、小学生にしては幼すぎる気がしたのだ。

それに、いくら治安のいい場所でも、これくらいの子どもが一人でいることに危機感を抱いた。

「ありがとう。あの、お父さんかお母さんはいる？」

そう口にしてしまってから、不審がられたらどうしようと焦る。子供相手にはどんな言葉をかけるのも、慎重にならなくてはいけない昨今だ。

れんげの危惧に反して、少女はあっさりと首を横に振った。

ツインテールに結われた髪がばさばさと音を立てる。

「おらへんよ」

いよいよ迷子だろうか。れんげと虎太郎は、彼女の家族が探しているのではと周囲を見回した。もし保護者がいないようならば、社務所なり交番なりに連れて行くべきだろう。

「迷子になっちゃったのかな？」

虎太郎を見ると、彼も心配そうに少女を見下ろしていた。

「一緒にお父さんとお母さん探そか？」

膝を折った虎太郎が目線を合わせて問いかけると、少女は驚いたように首を左右に振った。そのたびに動く髪が、まるで折れ耳のうさぎみたいだ。

「あかん！　おばあちゃんにないしょできたんよ。ひな、ちゃんとひとりでかえれるもん」

名前はひなというらしい。

それにしても、大人に内緒で来たとは穏やかではない。

「ひなちゃんは、おばあちゃんと住んでるの？」

少女は力いっぱい頷く。

「あのね、おかあさんびょういんなん。しゅじゅつするんやって。だからひな、おかあさんがはやくかえってきてくれるように、おいのりしてたの」

どうやら彼女が危険を冒してまで一人でやってきたのは、手術を受ける母親のためらしい。見ず知らずのれんげを心配してくれたくらいだから、優しい子供なのだろう。

母親と離れて寂しいだろうに、母のためにお祈りしに来たというひなの優しさに鼻の奥がツンとなった。

「じゃあ、もうひないくね。おばあちゃんにおでかけしたのばれてたらたいへんやから」

そう言うと、しっかりとした足取りで彼女は去っていった。

れんげたちは彼女を送り届けたいという衝動と戦いながら、せめてなにかあったらすぐ助けられるようにとその背中を見送っていた。

虎太郎の甘味日記　〜白餅編〜

「なんや大変なことになりましたね」

帰宅するなり、ようやく話せるとばかりに虎太郎が口を開いた。れんげも気持ちは同じで、誰が聞いているかも分からない場所で神様からの頼まれごとの話などする気になれず、寄り道もせずにこうして帰ってきたのだ。

「ほんとに」

「朱雀、朱雀ゆーてもなぁ」

マフラーをほどいた虎太郎は、手洗いを終えると背中を丸めてさっさとこたつに入ってしまう。れんげもそれにならい、外出着のままでこたつに向かった。一応晴れていたとはいえ、慣れない京都の寒さはやはり堪える。

何年かすれば、この寒さにも慣れるのだろうか。

ちなみにクロはというと、誰よりも早くこたつの中に潜り込んでいた。寒さは感じないものの、狭くて暗い空間が落ち着くらしい。

「なんとかしてあげたいけど……一体なにを持っていけばいいのかな」

電車に揺られながらずっと考えていたのだが、一向にいい考えが浮かばない。そもそもれんげはオカルトの類に詳しくないのだ。木を植えるのは論外として、力のあるものなんて思いつきもしない。

「とりあえず、一服しましょうか」

そう言っていそいそと虎太郎が用意したのは、お湯を沸かしたポットと湯飲み。それにポチ袋サイズのなにかだった。

「え、お年玉?」

お正月にポチ袋とくれば、どうしても思いつくのはお年玉だ。だがこの家にお年玉を受け取るような人間はいない。お年玉をあげるような親戚がいるのだろうかと不思議に思っていると、虎太郎が驚いたような顔をした後すぐに笑い出した。

「あはは、ちゃいますよ。これは大福茶《おおぶくちゃ》です」

「大福茶?」

聞いたことのない言葉だ。お湯を用意しているところからみて、お茶の一種なのだろうか。

確かに言われてみれば、ポチ袋には墨書で大福茶と書かれていた。

虎太郎が袋を開けると、中には煎茶のティーバッグと、個包装された梅干しと乾燥させた結び昆布が入っていた。

「まあ縁起もんですね。京都ではお正月にこのお茶を飲むんです」

「へえ、梅昆布茶みたいな味なのかな」

れんげも渡されたポチ袋を開けて、説明に書かれた手順通りお茶に梅干しと結び昆布を落とす。

縁起物という言葉通り、結び昆布があるだけでおめでたそうな見た目になる。食欲をそそる梅干しのいいにおいがして、素敵な風習だと感じた。

「はぁー、この味や」

先んじて湯飲みに口をつけていた虎太郎に続き、れんげも湯飲みを傾けた。

昆布から出る出汁と梅干の酸味のある香りが緑茶と相まって、満足感のある一杯になっている。

れんげは存外その味が気に入った。

なにより、温かい飲み物が体を内側から温めてくれているようで心地いい。

「京都だけなんてもったいない。他のところでもやればいいのに」

そう言いながらごそごそと、今度は平べったく包装されたビニール袋を取り出して開封しはじめる。

中には小さなトレイに沢山の白い小さなお団子が並べられていた。

「これは？」

「これは白餅《しらもち》ゆうて、八ツ橋で有名な『西尾八ッ橋』さんが販売してはるお菓子です。西尾さんは最初聖護院《しょうごいん》の近くでお茶屋さんをやってはったんですけど、元はこんな風に素朴なお餅を出してはったみたいですね。それから橋の形をした八ツ橋ゆうおせんべいができたんです」

「おせんべいって、焼いてあるの？　八ツ橋なのに」

れんげの感覚だと、お土産屋さんで見かけるしっとりとした柔らかい生地の八ツ橋が最初に思い浮かぶ。

「それは生八ツ橋ですよ。今はぎょうさん味の種類があって、見るたびにびっくりしますわ」

「ほんまですね」

付属していた黒蜜ときな粉を小皿にあけて、それぞれ好みに合わせてそれをつけて食べることにした。

まず最初は、何もつけずに食べてみる。米粉で練られたシンプルなお餅からは、八ツ橋らしいニッキの風味が感じられた。

お茶とお餅なんて、最高の組み合わせだ。その上梅干しまであると、小さなお餅がいくらでも食べられそうな気になってくる。

そんなほのぼのとした時間を過ごしていたのもつかの間。

「そうですね――ってああ！」

突然虎太郎が大声で叫んだ。

一体何事かと、れんげは驚いてしまう。クロもそれは同じだったようで、もぞもぞとこたつ布団から顔をのぞかせた。

『虎太郎殿、どうなされましたかー？』

声が間延びしているのは、こたつの中で眠りかけていたからに違いない。

「な、なに？　どうしたの」

問いかけると、虎太郎は上機嫌で白餅の説明をしていた時とは打って変わって、憂鬱そうな顔で呟いた。

「山蔭神社も菓祖神社も、参拝するの忘れたなって……」

二人の本当の目的は、吉田神社をお参りすることよりもむしろそちらにあったのだ。

そのことを思い出し、れんげもしまったとばかりに白餅を食べていた口が止まる。

だが、あんなイレギュラーな出来事の後ではどちらにしろお参りどころではなかったので、すぐに諦めがついた。

急ぐ用件ではないので、問題が解決してからゆっくりとお参りしてもなんの問題もないのだ。

「まあ――どうせまた行くことになるわよ」

京都に来たばかりの頃なら、きっとこんな風にすぐには割り切れなかっただろう。

そもそも、神様に頼まれごとをするなんて、そうそうあることではない。

現在の状況にすっかり慣れてきている自分を自覚しながら、れんげは二個目のお餅に手を伸ばしたのだった。

三折
四神

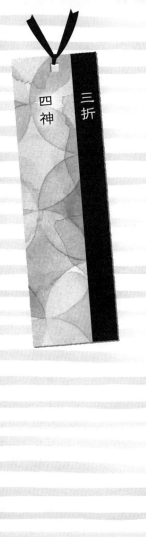

朱雀について調べる中で、れんげは四神相応の考え方が陰陽道《おんみょうどう》に由来すると知った。ならば相談する相手はあの人物しかいまい。

こうなれば善は急げ。正月休みを終える前にとれんげが訪れたのは、毎度おなじみ晴明《せいめい》神社だった。

もちろん手土産の日本酒も忘れない。

この前、通りかかって気になった『松井酒造』のお酒がちょうど酒屋にあったので買ってきた。

銘柄は『富士千歳《ふじちとせ》しぼりたて』。

アルコールが十九度もある原酒で、冬限定の逸品である。試飲もさせてもらったが、酒槽から流れ出たままを瓶詰したという宣伝文句を裏切ることなく、とろりと濃厚だ。甘くすっきりとしていて、水のようにするすると飲めてしまった。試飲なのにおかわりしたくなったくらいだ。

自分の分も買うか悩んで、とりあえずやめておいた。家の冷蔵庫は虎太郎が一人暮らししていた時のものをそのまま使っているので、飲みたい日本酒をいちいち買っていてはお酒だけでいっぱいになってしまう。

大きな冷蔵庫を買おうかと思うが、あの狭い台所にそれを置けるのか、置いたとして床が抜けないだろうかなど懸案事項が少なからずあり、なかなか実現できずにいた。

もはや通いなれた感のある晴明神社の鳥居をくぐる。

鳥居をくぐるとすぐに、空気が変わった。

いや、空気どころではない。一瞬にして夜になり、空には巨大な月が浮かんでいた。無数の星が瞬いている。

『また厄介事でも持ってきたか？』

相も変わらず不機嫌そうな顔をした老人が、境内にある戻り橋のレプリカの欄干に腰掛けていた。

しわがれた声に皺だらけの顔。彼の師匠の息子だという賀茂光栄《かものみつよし》は若い姿をしていたというのに、安倍《あべの》晴明がこの姿でいるのはどうしてなのだろうか。

れんげは今更ながらにそんなことを思った。

「まあまあ、お酒を持ってきたので一献どうですか？」

『酒ぐらいでは誤魔化されんぞ。まったくお前は、どうしてそうたびたび厄介事に巻き込まれるのだ』

ため息をつきつつ、たもとから盃を出すあたり最初かられんげの来訪を予測していたのではという気すらする。

『まあ儂は、旨い酒にありつけて役得だがな』

れんげが瓶を開封してお酌すると、晴明の気難しい顔が緩んだ。

れんげも酒を好む性質なので、その顔に親近感のようなものを抱く。千年も前の人間に親近感を抱くのは、なんだか不思議な気分だった。

『今の酒は、透き通って水のようじゃ』

そう言いながら盃に口をつけたかと思うと、あっという間に飲み干してしまった。

そしてあまりにおいしそうに息を吐くものだから、思わずれんげも飲みたくなってしまった。そしてそれは同行していた狐も一緒だったらしい。

『れんげ様〜、我も飲みたいです』

「帰ったらね。これは晴明様に持ってきたものだから」

そう言って軽く叱る。最近随分と鳴りを潜めてきたものの、どこでもなんでも欲しい物をおねだりする癖は矯正せねばなるまい。可愛くてつい与えてしまう自分や虎太郎にも問題はあるだろうが。

だが酒で機嫌がよくなったおかげか、晴明がどこからともなく空の盃を二つ取り出して言った。

『せっかくの酒じゃ。一人で飲むのも味気ない』

そんなわけで、三人で盃を交わすことになった。手酌で注いだ酒から、芳醇な吟醸香が香る。

とろりとした酒を口に含むと、なんとも飲みやすくするすると入っていってしまう。どうにもおかわりしたくなる酒だ。

クロは器用に盃を前足で支え、ぺろぺろと舐めている。

本来なら狐にアルコールを与えるなど言語道断だが、稲荷の神使であるクロにとって、酒はもっとも親しみのある供物だ。

それもあってかクロはひどく上機嫌で、尻尾を激しく振り立てていた。伏せの体勢をしているのに器用なものだ。

『して、何を聞きにまいったのじゃ？』

しばらく黙々と盃を傾けた後、晴明が何気ない口調で言った。

れんげはまだ少し迷っていた。牛頭天王の依頼についてを相談すると決めてきたものの、どう説明するかが自分の中でうまくまとまっていなかったのだ。

だからこそ、なかなか自分から話を切り出せずにいた。

「実は――」

結局、れんげは自分の考えは全く含めずに、吉田神社での出来事を全て晴明に話した。何が解決の糸口になるか分からないので、本当に一から十まで全てだ。

晴明は杯を傾けながら、口を挟むこともなく話を聞いていた。

時に月を見たり星を見上げたりと、本当に聞いているのかと疑いたくなるような態度ではあったが。

『やれやれ、また面倒なことになったな』

晴明はそう言いつつ己の顎髭《あごひげ》を撫でると、言葉とは裏腹においしそうに酒を飲むのだった。

れんげは一升瓶を買ってきてよかったと思った。このペースで飲まれては、あっという間になくなってしまうからだ。

『道理を知らぬおぬしに、まずは基本的な説明をせねばな。陰陽道とは唐からもたらされた陰陽五行と天文を軸に編まれた学問じゃ。星を読み、方位を読み、吉凶を占う。万物にはすべからく陰陽の別があり、それらが離合集散して太極を成す。陰のみでも、陽のみでもだめなのじゃ。ここまでは分かるな?』

れんげは神妙に頷いた。

相手は陰陽道の大家だ。その晴明から直接講義を受けるなど、酒一升では賄えない価値があるに違いない。

『大陸にはこのような神話がある。初めに盤古王《ばんこおう》という神が生まれ、この世のすべてはその体から生じた。盤古王の本体は龍であるが、その体は千変万化する。左に現れては青龍の川となり、右に現れては白虎の園を領《しろしめ》す。前に現れては朱雀の池に水をたたえ、後ろに現れては玄武の山々を築きそびえたつ』

どうやらそれは創世神話に類するもののようだ。そして確かに、牛頭天王が言っていた四神が出てくる。それらはすべてが盤古王だとも解釈できる。

『四神は、吉凶を占う上でそれぞれ方位や星の運行に大きく関わってくる。陰陽道の観点から言えば、欠くことのできぬ存在じゃ。この都が四神相応と呼ばれるのも、適応する土地を求め一から築いたからこそじゃ。東に流るる川、北の山脈、西の大道、そして南の湖。これらを備えた土地は吉凶で言えば最上の吉の卦《け》じゃ』

ここでまた、息継ぎのように晴明が酒を一口。

飲むほどにその口は滑らかになっていく。皺だらけの顔が、幾分穏やかになったような気さえした。

こうしていると、ただの気のいい老人に見えるから不思議だ。だが、れんげのそんな考えはすぐに裏切られた。

『さて、基本はこの辺りにして、欠けた朱雀石の代わりについてだが――』

そう言って、晴明はしばらく黙り込んだ。滑らかに動いていた口が急に閉じられ、ついでにその目も伏せられる。

それから待っても待っても話の続きが始まらないので、れんげは眠ってしまったのかと疑ったほどだ。

しかも、晴明の顔は時間を経るごとにどんどん険しくなっていく。

そんな顔をされては、一体何を言われるのかとそら恐ろしく感じられる。

どれくらい経ったのか、れんげが先を促そうかと考え始めた頃、ようやく晴明はぱちりと目を開けた。小さなどんぐり眼は、一瞬青と見間違うような不思議な輝きを放っている。

そして晴明は、いかにも気難しげな顔で言った。

『いかんな。邪魔されておる』

「というと？」

『おぬしの運勢に、大きな陰りがある。その原因を探ろうとしたが、うまく見通せんのだ。こんなことはそうそうないんじゃが……』

晴明は困惑したように顎髭を撫でている。

一方でれんげの方も、心中穏やかではない。占いの名手に大きな陰りがあるなどと言われては、不安にもなろうというものだ。

　大体、相談の内容は朱雀石の代わりについてだったはずだ。それがどうして、れんげの運勢の話につながるというのか。

　表情からそれを読み取ったのか、晴明はれんげの考えを正すように言った。

『いいか？　これが勘違いでも狐狸に化かされてるんでもないのなら、事態はおぬしが思う以上に厄介じゃぞ。これはただ石が欠けたなどというつまらん問題ではない』

　話の雲行きの怪しさに、れんげは思わず息を呑んだ。

『あのな、おぬしはこう伝えられた。東南に青龍石、西南に白虎石、西北に玄武石があったと』

　確かにその通りだ。上空から見たので間違っているということはまずないだろう。最初におかしなところを見つけるよう言われたので、普段よりも注意深く観察したつもりだ。

『ほんとです！　れんげ様を疑うのですか？』

　気分を害したらしく、クロが不機嫌そうに前足で砂を掻く。埃が立つのでやめてもらいたい。

『疑ってはおらぬ。ただ、本当にその方角に置かれていたというならば、石の置かれた位置について牛頭天王と木島神は嘘をついているということになるだけじゃ』

「嘘なんて、そんな……」

不穏な言葉に、れんげの心は思わず揺れた。

牛頭天王は祇園祭で世話になったし、丹後にいる間行動を共にしていた木島神とも浅からぬ仲だ。彼らが嘘をついているとは思いたくない。そもそも、れんげを騙したところで彼らに一体どんな得があるのか。

前のめりになって晴明の次の言葉を待っていると、老人は酒で口を湿らせてからいかにも気まずそうに語り始めた。

『さっきも言ったじゃろう。北は玄武、東は青龍、西は白虎、南は朱雀だと。じゃがお前の言うことが本当ならば、今宮社に置かれていた石はことごとく場所が違う』

確かにそれは、その通りだった。

言われるまで、どうしてそれに気付かなかったのかと思うほど明確な違いだ。

木島神たちがこの方角の違いに気付いていないとは考えづらい。ではどうして、れんげにその違いについて話さなかったのか。それが晴明の言う嘘だというのか。

「ええと、土地の都合でぴったりその方角に置けなかったとか？」

理由を問われたところで、それくらいしか思いつかない。そもそも土地の形などの都合で、本来の計画とは異なる場所に置かれてしまうことはよくあることだろう。

だが、れんげの返答が気に入らなかったらしく、晴明は干し柿のような顔をより一層渋くさせた。

そしてやってられないとばかりに再び酒を煽る。どうしてそんな顔をするのか、れんげには理解できなかった。

『方角のずれなど、本来あってはならぬことじゃ。その石に四神の名を冠するのならばなおさらのこと。土地の事情で置けぬというならば、最初から置かない方がましじゃ。向きがずれれば石は別の意味を持つ。ただの間違いなどで済む話ではないぞ』

「そんな、大げさな」

『大げさではないわ。いいか、これは儂の飯の種。もし儂が同じような間違いをしてみろ。すぐにこの首と胴が離れておるわ』

そう言って、晴明は己の首を掻き切る動作をした。物騒な物言いに、れんげは思わず肩を竦ませる。

『大体な、どうしても位置がずれるというのであれば、せめてその石が近い位置に来るよう努めるもんじゃ。全てを西に傾けるならまだ分かる。その場合、西北に玄武、西南に白虎ときたら青龍を置くべきは東北じゃろう。どうして順番まで変える必要があるのじゃ』

言われてみれば、確かにその通りだった。

本来、玄武から反時計回りで白虎、朱雀、青龍とならねばならないものが、どうしてか玄武、白虎、青龍、朱雀の順になっている。

本来、朱雀石を置くべきは玄武の対角線上だ。確かに朱雀石が欠けたからといって、そこに青龍石を置く理由はない。

だが、やはりれんげは木島神たちの言葉が嘘だとは思いたくなかった。何やら勘違いか行き違いがあったのかもしれない。そもそも、石を設置したのは神様ではなく、今宮社を持つ吉田神社の人間であるはずだ。

「晴明さんの時代とは違いますから、間違えてしまったのかもしれません」

どうにかそう言うと、晴明はわざと大きく鼻を鳴らした。

『間違い？　吉田の人間がか。それこそありえんわ』

「でも、陰陽道と普通の神道は違うじゃないですか。吉田神社は神道だから、陰陽道のことが分からなかったのかも」

『あのな、儂も今の吉田神社のことまでは分からんが、儂が生きとる頃からあるような神社は大抵、陰陽道と深い関わりがあるもんじゃ。それが吉田神社ならなおさらな。

あの家はそれまで仏教の添え物でしかなかった神道を、一端《いっぱし》の宗教として作り替えたんじゃ。そこに陰陽道やらなにやら詰め込んでな』

「どういうことですか?」

『そもそも、儂らの頃は神道なんて大層なものはなかった。内裏《だいり》で祀っとるような神さんは別として、他は寺の土地を護る神として力を持ったような有象無象だわ。なにせ、あの頃は神主の類ですら死ねば坊主に経をあげてもらい、寺には先祖代々の墓を持っとったんだ。神道で葬式なぞするようになったのは、ここ最近のことだぞ』

　思いもよらぬ言葉に、れんげは唖然としてしまった。それはれんげの知らない神道の姿だった。

　同時に驚かされるのは、晴明の口の悪さだ。晴明は自らも神として祀られながら、神道をひどくこき下ろす。

　まあこちらは、今に始まったことではないのだが。

　そして晴明はまた一口酒を飲むと、低く唸って言葉を続ける。

『とにかく、間違いということはありえん。では間違いでなければ何か。それは故意ということになる』

「わざとそうしたって言うの?」

『そうとも。むしろ、儂からすればわざととしか思えんな。わざわざ艮《うしとら》の方角を開けるなど』

「艮？」

『北東のことだ。艮は鬼門。鬼が出入りする方角だ。ゆえに都なども、強き神を祀るなどして塞ぐ場所だ。事実、吉田神社も都の鬼門を塞いでおる。ところがどうだ。ぬしの言う今宮社は、逆に他を四神で囲い、鬼門だけをあけている。これでは鬼は入ったままで出てこられぬ。さかしまじゃ』

「鬼門を開けたままにしていると、どうなるの？」

『どうもこうもない。これは本来の四神相応とは逆の――牛頭天王と、おぬしが木島と呼ぶ大己貴命を弱らせるための呪法じゃ。儂からすれば、吉田がしくじったというよりも、あえてそうしたという方が大いに納得がいく』

れんげの背筋が冷たくなる。

どうしてありがたいと祀っているはずの神様に、そんなことをするのか。既に信仰が弱まりあんなに小さくなってしまっている神様に、一体なぜという思いが強くなる。

いや、逆なのか。

吉田神社が守護する朝廷にとって、大国主と牛頭天王は力を弱めなければいけない神様だということなのか。

言われてみれば、石を置くはずの北東には何かを置いていた形跡すらなかった。

そしてここに至ってようやく、れんげは晴明が嘘と言った理由にもうっすらとだが見当がついた。

力を弱められている当人たちが、まさかそのことに気づいていないはずがない。

牛頭天王と木島神は、このことを知っていた。人間が自分たちの力を弱めようとしているのだと。

だが彼らの頼みは石の場所を正すことでも、鬼門を塞いでくれということでもなかった。

彼らはただ、朱雀石の代わりになるものを探してくれとれんげに頼んだ。それをどう使うのか、使うと彼らはどうなるのか。彼らは何も語らなかった。

朱雀石が欠けたというのはおそらく嘘だ。きっと初めから、そんなものは存在していなかった。

信じたいと思っていた心が、猜疑心に塗り替えられていく。

れんげは心のどこかで、神様に親しみを持ち始めていた。京都に来て、人間の知り合いよりもむしろ神様の知り合いの方が多いくらいだ。

もちろん、恐ろしい相手だということは理解していた。ひどい目に遭わされたことも一度や二度ではない。

だが、今回願い事をしてきた二柱は、そんな中でもれんげに優しかった神々だ。だからこそ、その願いを叶えたいと思い、こうして知恵を借りようと晴明の元へやってきたのだから。

『吉田神社はそもそも、傍系とはいえ摂政家の出である山蔭卿が祖霊を祀るために建立したもの。だが、それだけではないのもまた事実だろう。武御雷という武神を祀るのも、木瓜大明神を古くから祀る神楽岡に建てられたのも、偶然ではない。おそらくかの地には、都がここに移される前の古き神が祀られていた。その総称を大国主としたという話の真偽は分からぬが、古の神に敢えて大国主の名を与えることで、武御雷に敗れる神という性格を付与したとも考えられる。そして上から押さえつけるようにして武御雷を祀った。鬼を押さえつけるための典型的な手法だ』

晴明が嘘を言っているとは思えない。

こんなことを言われては、牛頭天王たちの言葉を疑うしかなくなってしまう。

これ以上晴明の話を聞いているのが辛くなり、れんげは盃を置いた。その様子に気づいたのか、クロが不安そうにこちらを見上げている。

返す言葉もないままに、れんげは黙り込んでしまった。

⛩⛩⛩

牛頭天王たちの頼みを叶えるために晴明を頼ったというのに、結果として朱雀石をどうしたらいいのかも分からないまま手ぶらで帰る羽目になってしまった。

そして心には、予想すらしていなかった猜疑心が湧いている。

二柱を信じたい。けれど晴明の言葉に納得している自分もいて、その相反する思いにれんげは苦悩していた。

「そないなことがあったんですか」

帰宅後悩んで、晴明から聞いた話を虎太郎に話した。

彼は眉をへの字にして、難しい顔をした。

「嘘――ではないと思う。晴明さんはそんな嘘をついてもなんの得にもならないし、事実四神相応というにはあの石の位置はおかしいもの」

虎太郎に話す前に、れんげもインターネットを使って軽く調べてみた。今宮社の石の位置についての記事は見つけられなかったものの、確かにあの位置に置かれているのがおかしいということは理解できた。

それが牛頭天王と木島神の力を弱めるためのものかまでは、分からなかったが。

虎太郎はじっくり考え込んだ後、おもむろにこう言った。

「れんげさんは……どうしたいですか？」

「え？」

「木島様の意図は分かりませんが、朱雀石の代わりになるものを北東に置けば、彼らの助けにはなるんやないでしょうか。でもれんげさんが彼らに嘘をつかれたことで不信感を持ったなら、石の代わりは用意せずそのままにして、彼らとの関わりも絶つべきやと思います」

虎太郎の声は理性的だった。

れんげが戸惑うしかできない現状を、綺麗に整理してくれた。

「私は……」

どうしたいのか、自分で自分に問いかける。

虎太郎の言葉を聞いて、気付いたことがある。それは自分がいかに嘘に対して、過敏になっているかということだ。

れんげを仕事から追いやった上司の嘘。れんげを追い出したかつての婚約者の嘘。

男たちの嘘によって、れんげは今まで自分の手で築き上げてきたものを、根底からひっくり返されてしまった。

「嘘をつかれたのは、正直辛い。最初から朱雀石を探す本当に理由を言ってくれたら、ちゃんと協力したよ。でも、向こうは私がちゃんと協力するかなんて分からないものね」

あちらにしてみれば、自分たちを追い出した天津神の建てた日本という国に暮らすれんげたちは、敵とまでは言えないまでも簡単には信用のできない相手だろう。

事実、今なお力を削ぎ落されている彼らに、信じてほしかったなどと気軽に言うことはできないのだ。

木島神はずっと、それこそ気が遠くなるような時間、己の本性とは違う名前、役割を押し付けられてきた。蚕を思わせるその姿も、後から押し付けられたものだ。

それがいいことなのか悪いことなのか、れんげに判断することはできない。実際に蚕の神として木島神を祀る人々にとってみれば、それが真実の姿だ。

牛頭天王は明治維新まで各地で深く信仰されていたようだが、今はそうではない。信仰そのものが希薄な日本において、百年後に彼を覚えている人がどれだけいるだろうか。

だが、人間に失望しても仕方ないような状況にあっても、この二柱がれんげを助けてくれたのは動かしようもない事実なのだ。

彼らは厭うこともなく、困ったれんげに手を差し伸べてくれた。多少の意地悪はされたが、見返りだって求められていない。

そう考えたら、するりとれんげの心は決まった。

深呼吸をして長く息を吐くと、自分の出した結論を言葉に乗せる。

「やっぱり、彼らの願いを叶えたい。たとえ嘘をつかれていたとしても、それは今までの私の行動が信頼に値しなかっただけのこと。嘘をつかないでほしいのなら、こちらも誠意をもって態度で示さなくちゃね」

たとえ彼らの言葉に嘘があったとしても、彼らに助けられたという事実が嘘になるということはない。

れんげの言葉に、虎太郎はにこりと笑って応じた。

「なら気合を入れなあきませんね。とびきりの朱雀石の代わりを探さんと」

その言葉に、れんげは大きく頷いたのだった。

『我も、我も協力しますぞ！　れんげ様の願いを叶えるのが我の〝らいふわーく〟ですからな』

クロが自分も忘れられてなるまいと、目の前に飛び出してきて胸を張る。ライフワークなどという言葉を、一体どこで覚えてきたのやら。

微笑ましく思いふさふさの頭を撫でていると、虎太郎が真剣な顔をして言った。

「実は、俺気になっとったことがあるんです。次の日曜に、もう一度吉田神社に行きませんか？」

「吉田神社に？　それは構わないけど」

虎太郎の提案に、れんげは戸惑いつつ頷く。

「でも、卒論は大丈夫なの？　忙しいって聞いてたけど」

痛いところを突かれたとばかりに、虎太郎が苦笑する。

「まあ……それはなんとかします。それより、れんげさんを一人で行かせる方が不安ですよ。留守番なんかになったら泣きます」

なんだか子ども扱いされている気がしないでもないが、色々な場面で虎太郎に助けられているのは事実なので、腑に落ちないものを感じつつれんげは頷いた。

それにしても朱雀石の話をしていたのに、どうしてもう一度吉田神社を見たいという話になるのだろうか。朱雀石の代わりが吉田神社にあるはずはない。もう一度行こうという話はしていたが、こんなにすぐだとは思わなかった。

正直なところ、牛頭天王に連れて行かれた場所の印象が強すぎて、吉田神社についての記憶はおぼろげだ。

そういえば、晴明は吉田神社に日本中の神様が祀られていると言っていた。初詣の時にそれらしい場所は見かけなかったが、一体どこにあったのだろう。

そういうわけで虎太郎の提案により、二人と一匹は再び吉田神社に向かうこととなったのだった。

⛩ ⛩ ⛩

年が明けて最初の日曜日。

冬休みだからか、オンシーズンでなくても電車には観光客の姿が目立った。

前回の来訪から一週間も経っていない。今宮社の前を通り過ぎる時はまた神様たちと遭遇したらどうしようかと危惧していたが、牛頭天王や木島神が出てくるようなことはなかった。

吉田神社の境内からは、相変わらず荘厳な空気を感じた。主祭神の健御賀豆知命は、鹿島神宮から大津京山科の山階精舎へ、山階精舎から平城京の春日大社へ、更に春日大社からこの平安時代に吉田神社へと勧請された藤原氏の守り神だ。

　その神使は鹿であるとされ、古くから飼育されてきた春日大社の鹿は現在でも有名だ。吉田神社の境内にも、かつてここで鹿が飼育されていた名残がある。境内に設置されている青銅の鹿の像がそれだが、実際に飼われていたのは昭和の一時期だけだったようだ。

　その像を見たことで、れんげは初詣の際に遭遇した白い巨大な鹿のことを思い出した。

　あれだけ印象的なものをどうして忘れたんだとも思うが、その後の出来事が衝撃的過ぎてすっかり頭の中から消え去っていたのだ。

　それは仕方のないことだと思う。

「ねえ、虎太郎」

ちょうど鹿の話をしようとした時に、それは起こった。

再びれんげたちの前に、突如として白い鹿が立ちはだかったのだ。

れんげは思わず息を呑んだ。

何をされたわけでもないが、長くて立派な角は反射的に恐怖を感じさせる。思わずその場に立ち竦んでいると、同時に鹿の存在に気付いたらしい虎太郎が、そっと移動して鹿とれんげの間に割って入った。

『なにやつだ！』

毛を逆立ててクロが叫ぶ。

だが鹿は答えない。

黙り込んだまま微動だにせず、じっとこちらを見つめていた。

すると突然、虎太郎が歩き出した。躊躇なく鹿との距離を縮めていく。

「よかった。あなたに聞きたいことがあったんです」

鹿に語り掛けるように虎太郎が言った。どうやら彼が気にしていたのは、この鹿のことだったらしい。

それはいいのだが、れんげは気が気ではなかった。もしこの鹿が虎太郎に敵意を持って襲いかかれば、きっと無事では済まないだろう。

虎太郎が鬼に取り憑かれてれんげとの関わりを断とうとしていたのは、つい先月のことだ。あの時の衝撃と悲しみは深くれんげに根付いている。

「虎太郎！」

止めるつもりで、思わずその名前を呼んだ。虎太郎は振り返ると、大丈夫だと言いたげにほほ笑んだ。光の加減のせいか、その目が少しだけ青く染まって見えた気がした。

　肌がぞっと粟立つ。

　れんげはその場に縫い付けられたように動けなかった。ただ遠ざかっていく虎太郎に、不安と眩暈を覚える。

　虎太郎は鹿のすぐ目の前で立ち止まった。

　相変わらず、鹿は立ち尽くしたままだ。

　れんげはその反応のなさを訝《いぶか》しんだ。ここに現れたからには何か目的があるとは思うのだが、鹿は近づいてきた虎太郎に対して反応すらしない。

　れんげは気合を入れると、十分に警戒しつつ虎太郎の後に続いた。境内に敷かれた砂利の上を、慎重な足取りで進む。

　ついに虎太郎の隣にまでたどり着いたが、やはり鹿は何の反応も見せないままだった。

　相手の意図が読めずに戸惑う。

　虎太郎も困り顔だ。

「なんか手がかりになるかと思ったんですけど」

　そう言って彼は頭をかいた。

れんげはすっかり忘れていたのだが、この鹿とは一度吉田神社で出会っている。それをしっかり憶えていた虎太郎は、鹿に害意はないと感じて近づいたようだ。だからといって、この世ならざる鹿に、無防備に近づいてよいわけではない。鬼のように、また取り憑かれでもしたら大変だ。

「無茶しないで……」

口から出たのは、なんともか細い声だった。

虎太郎は時々、向こう見ずな行動をすることがある。そしてそれは大抵、れんげのために行動している時なのだ。

自分が傷つくことよりも、虎太郎が傷つくことの方が今は怖い。

「すみません」

れんげの表情から悟ったのか、虎太郎は素直に謝った。

別に謝らせたかったわけではないが、どう言えばこのもどかしい気持ちが伝わるのか分からなかった。

自分の性格を難儀だと思うのはこんな時だ。

そんなやり取りをしていると、永遠に不動かと思われた鹿がようやく動き出した。

といっても、はっきりした動作ではない。ただ首を上下して、まるで人間のように深いため息をついたのだ。

そのあまりに人間臭い動きに、れんげと虎太郎は唖然とした。

『おぬしの目的はなんだ。危害を加えるつもりなら容赦はせぬぞっ』

狐のクロが食って掛かる。だがそうして無防備に近づいたのがよくなかった。


――ぱくり。


鹿が首をしならせて、口で器用にクロを捕らえたのだ。

これにはれんげも虎太郎も、当事者であるクロまで唖然として目を丸くした。

クロの体を咥えたまま鹿はその巨体を反転させると、先ほどまでの鈍い動作はどこへやら、こちらに背を向けて一目散に駆けだしたのだ。

⛩ ⛩ ⛩

クロを攫《さら》われる形になった二人は虚を突かれたものの、慌ててその後を追った。

鹿が本気でクロを連れ去るつもりなら、その足で簡単に二人を引き離すことができるだろう。

だが不思議なことに、鹿は二人がついてくるのを確かめるように、時折立ち止まりこちらを振り返る。まるでついてこいと言わんばかりに。

鹿の意のままになっていることに不安を覚えつつも、クロを連れ去られるわけにはいかない。二人は必死になって鹿の後を追った。

幸い、鹿との追走劇はすぐに決着がついた。

吉田神社の敷地から出る前に、鹿は足を止めたからだ。

それはある社の前だった。本殿より大きさで劣るものの、小さくとも立派な社殿を持つ社だ。丹色は色鮮やかで、大きな鳥居が二基設置されている。

扁額には、山蔭神社と書かれていた。ここが佳代子の言っていた料理の神様山蔭卿の神社だったのだ。

なるほど確かに、石の玉垣にはれんげでも知っているような有名な料亭の名が彫り込まれている。山蔭神社建立の際に寄進のあったお店なのだろう。

山蔭神社の境内に入ると、鹿はすぐさまクロを解放した。

鹿に咥えられまま疾走するという稀有な経験をした狐は、大層衝撃を受けたようで茫然自失していた。

『あ、わわわ……』

威嚇のために尻尾を膨らませていた先ほどまでとは打って変わって、今はしょんぼりと萎れたようになっている。心なしか涙目だ。

そしてれんげたちが追い付いたとみるや、矢のような速さで飛びついてきた。

『こわ、こわかった』

可哀相に狐はぶるぶると震えていた。

仕方ないので、なだめるように毛皮を優しく撫でてやる。優しい言葉の一つもかけてやりたいが、それも自分の性格では難しい。

「大変やったなぁ」

代わりに虎太郎が言葉をかけていたので、自分は飴と鞭の鞭でいればいいかと結論が出た。

そして、先ほどは前に出た虎太郎を不安に思ったことも忘れ、今は鹿に近づいて自分からひと言言ってやらねば気が済まない。

「どうしてこんなことを？　クロが何か不作法をしましたか？」

まだクロと出会ってそれほど経っていない時のことだが、クロが貴船《きふね》神社の祭神の怒りを買ったことがある。といっても、騒がしくして機嫌を損ねた程度のことではあるが。

あの時はこちらに非があった。だからクロのことは窘《たしな》めたし、怒られたのは仕方のないこととれんげも納得している。

あれからクロも自分も色々な経験をして、自分たちなりの神様との関り方を学んだつもりだ。

その基準から言えば、今日のクロは神の怒りを買うような不作法はしていなかったはずだ。

すると鹿はれんげの言葉を咎めるでもなく、足を折ってゆったりとその場に伏せた。そうすることでようやく、れんげたちと鹿の目線がちょうど同じぐらいになる。

改めて近くで見ると、本当に綺麗な鹿だ。もしこんなに大きくなければ、恐れよりも先にその美しさに見とれたことだろう。

『やれやれ、かつては鹿といえば吉兆だと人間たちは頭《こうべ》を垂れたものだが、時代が変わるとはこういうことか』

ようやく言葉を発したと思ったら、出てきたセリフがこれである。

そして鹿はいかにも人間めいた動作で首を左右に振ると、驚いたことにその場で人の姿になった。

黒い垂纓冠《すいえいのかんむり》に、深い緋色の縫腋袍《ほうえきのほう》。手にはお内裏様のような笏《しゃく》を持ち、靴氈《かせん》で飾られた鞾《くつ》を履いた壮年の男性だ。

略式の狩衣を着ている晴明や黒烏《くろお》などと違い、どっしりとした迫力を感じさせる。目じりに皺が寄り、あごには白いひげを蓄えていた。

これから一体何が始まるのかと、れんげたちは神経をとがらせた。

だが男の第一声は、思いもよらぬものだった。

『これでようやく真っ当に話ができる。怖い思いをさせてすまなかったな』

男の声は、いかにも優しく響いた。どんな恐ろしい相手だろうと身構えていた一行は、肩透かしを食らった形だ。

男はれんげではなくその腕の中のクロに向かって話しかけている。

だが、いくら話し方が優しげだからといって油断はできない。相手は人間ではないのだ。自分の常識で測ろうとしてはいけない。

「ようやく――ゆうことは、あっちの境内ではお話しできんかったゆうことですか？」

虎太郎の問いに、男は深く頷く。

『今の吉田神社は、儂の知るそれと違い過ぎる。先祖の力を使い鹿の姿になるのがようやくといったところか』

「あなたが、山蔭卿なのね」

れんげの問いに、藤原山蔭は愛想よく頷いた。

『いかにも。まさか怨霊になったわけでもあるまいに、儂のような者が後世に神として祀られるとは思わなんだが』

彼の時代の常識でいえば、恨みを飲んで死んだ人間を怨霊として祀ることはあっても、功績によって崇め祀られることは稀であった。

山蔭はしばらく黙りこむと、遠い目をして言った。

『儂はただ……ただただ御上と都の安寧を願いこの社を建てた。このようなありようは想像もせなんだ。日の本中の神を集めて祀るなど――それも恐れ多くも伊勢から大《おお》御祖神《みおやがみ》様まで移そうなどと。崇神《すじん》天皇はかの神を畏れ、あえて内裏からお出しになったというに』

伊勢の神ということは、彼が言っているのは天照大御神《あまてらすおおみかみ》だろう。れんげの感覚で言えば伊勢で祀られているのが当たり前だったが、今の山蔭の言葉が本当であれば、元は内裏――つまり御所で祀られていたということになる。

言われてみれば確かに、丹後には元伊勢と呼ばれる場所があった。天照大御神が伊勢神宮に祀られる前に、鎮座していた場所だと。そしてそういう場所は一か所ではないのだと。

つまり当時の天皇の意向で、天照大御神は安寧の地を求めて各地に広まっていったということだ。

少し前なら、不思議に思ったかもしれない。どうして自らの祖先を都から遠ざけるような真似をするのかと。

だが、今ならば少しその気持ちが分かる気がした。

神様は恐ろしい。

京都に来て実感したことだ。

人間は、たとえ帝であったとしても、神の行動を予測することも阻むこともできない。ただただ祈るのみなのだ。

今のように科学の発展していない時代にあっては、なおさら。

病も災害も、すべては原因の分からない恐ろしいもののくくりに入っただろう。人間はなすすべもなく怯え、ただ神に祈った。

『なぜこの社に日本中の神を祀ろうなどという真似をしたのだ。恐ろしくはないのか』

理解できないという顔で、山蔭は言った。

現在吉田神社には、本宮で祀られる四柱の他に、大元宮では天照大御神、伊勢神宮の外宮で祀られる豊宇氣比売神《とようけのひめがみ》、その他に日本中の神々が集められ驚くことに三一三二柱が祀られている。

『徒然草』の作者として名高い兼好法師《けんこうほうし》は、応仁《おうにん》の乱で吉田神社が甚大な被害を被ったのを機に、斎場所という日本国内すべての神が揃う社を建てた。これが吉田神社の大元宮だ。日本中の有名店を集めた百貨店のようなものだ。

これだけなら眉唾でも、兼好は並外れた手腕で将軍足利義政《あしかがよしまさ》の妻である日野富子《ひのとみこ》から多額の援助を引き出すことに成功し、更には天皇からのお墨付きまで引き出した。

こうなれば恐れるものは何もない。

こうして吉田家は神道界のトップにまで上り詰めた。仏教の影響を多大に受けていた神道を独立させ、純然たる神道としての吉田神道を確立したのである。これによって日本での神道の在り方は大きく変化した。

平安時代の神道は、寺の付属品のような扱いであった。それは仏教伝来の歴史が早く、その頃には未だ神道に宗教としての体裁が整っていなかったためだ。

その神道から仏教色を排除する上で、大いに活用されたのが陰陽道である。兼好法師は陰陽道に精通していたと言われる。

事実、彼の随筆である『徒然草』には、晴明の子孫である安倍家との交流も記されているのだ。

だが、自らの建立した神社を作り替えられた山蔭にしてみれば、現在のありようは恐ろしいの一言らしい。

彼は日本料理の祖であると同時に、清和《せいわ》天皇が東宮の時代からそば近くに勤め続け、退位の際には次代陽成《ようぜい》天皇にどれだけ留意されようと、上皇の出家に付き添った忠義の徒であった。

だが、今は吉田神社の歴史を追及している場合ではない。

山蔭が鹿の姿に身をやつしてまで現れたということは、なにかれんげたちに言いたいことがあるということだ。そうでなければ、偶然訪問のたびに遭遇することなどあるだろうか。

それも、わざわざクロを連れ去ってまで。

れんげたちの表情に気付いたのか、山蔭は自らの言動を誤魔化すように咳ばらいをした。

『と、とにかく、貴殿らは木瓜大明神の信も厚いようだ。それで話ができればと思い、強引な手段を取ってしまった。改めて謝罪しよう』

それは思いもよらない言葉だった。

そもそも、今までに出会ってきた神々はみんな、こちらの事情など忖度することがなかった。

だが山蔭卿はどうだ。相手の事情を忖度するというあまりにもまともな――れんげたちの感覚で言えば常識的な言葉に、逆に驚かされてしまう。

クロを連れ去られて毛羽立っていた気持ちも、すっかり落ち着いて冷静になることができた。

「初めてお会いした時、あなたは木瓜大明神を――つまり牛頭天王を見ていらっしゃったんですか？」

虎太郎の言葉に、れんげははっとした。

山蔭が初めて現れた時、その鹿の姿にこちらは威圧されてしまったが、彼は何も言わないまま姿を消した。

その後牛頭天王に声をかけられ、れんげたちは今宮社へと向かったのだ。

虎太郎の問いに、山蔭はなんとも言えないというような顔をした。

『はじめは、あなたの存在に呼ばれたのだ。主君の気配がしたゆえ』

山蔭の視線は明らかに、虎太郎に向いていた。

「ええと、俺はただのしがない大学生ですが」

虎太郎の戸惑いも無理はない。れんげも大いに困惑していた。

山蔭の主君といえば、それは天皇ということになる。だが虎太郎は皇族でもなければ公家の生まれでもない。

ふとそこで、れんげは丹後での出来事を思い出した。虎太郎は天皇家の血筋でこそないが、その生まれは巫女の家系になるはずだ。そのせいで、聖徳太子の弟である麻《ま》呂子《ろこ》親王《しんのう》に取り憑かれていたのだから。

「もしかして、麻呂子親王のこと……？」

虎太郎に関わりのある皇族と言えば、真っ先に思い当たるのはその人物だ。虎太郎の体を乗っ取り、己の恨みを晴らそうとした鬼。

れんげは丹後に伝わる伝説の鬼たちの力を借りて、虎太郎を取り返した。

『まあ、結果的にそれで木瓜大明神の存在に気付いたのだ。この神楽岡に共に祀られているというのに、これまであの方の存在に気付くことはなかった。なんともおいたわしい姿。かの方は疫病を払う大切な神。私もなにか力になれればと考えたのだ』

山蔭の申し出に、れんげたちは顔を見合わせたのだった。

協力を申し出てくれた山蔭に対し、半信半疑ながら、れんげは今までのいきさつを説明した。

吉田神社に参ったところ、木瓜大明神こと牛頭天王に呼び止められたこと。そして今宮社に欠けている朱雀石の代わりになるものを持ってきてほしいと頼まれたこと。

『四神のうち朱雀の石が欠けていると？』

「ええ、私たちも実物は見ていないけれど」

そこまで話したところで、れんげは続く言葉を飲み込んだ。晴明から聞いた話を、山蔭に話していいものかと悩んだからだ。

晴明によれば、現在の今宮社の石の配置は牛頭天王と木島神の力を弱めるためのものだという。

助力を申し出てくれているとはいえ、山蔭は吉田神社側の神だ。つまり、実際に牛頭天王の力を削ごうとしている側ということになる。

牛頭天王が現状を嘆いていた様子を思い返すと、彼は石の配置について了解していないようにも思えるが、果たして山陰の言葉をどこまで信じてよいものだろうか。嘘をついてこちらの内情を探ろうとしているとも考えられる。

疑念のためにれんげが言い淀んでいると、何を思ったのか狐のクロが前に出てきて、自信満々に言い放った。

『ここだけの話ですぞ？　かの安倍晴明殿によれば、四神の石を置く位置が間違っていると』

『安倍の……？　はて、知らぬ名だが』

『晴明様は陰陽道の大家。その晴明様が四神の石によって牛頭天王の力を弱める呪《しゅ》がかかっていると言うのです。山蔭殿はなにか知りませぬか？』

それはまさしく、れんげが告げるべきか悩んでいた内容であった。

思わずクロの口を塞ぎたくなる衝動を押さえつつ、顔が引きつってしまわないようどうにかこらえる。

当人は、言ってやったとばかりに満足げにしているのが、それがよりれんげの神経を逆なでする。

『呪とは穏やかでない。なぜそのようなことをするのか』

山蔭は晴明のことを知らないようだった。

「わ、分からないわ。でも私たちにできるのは牛頭天王の言う朱雀石の代わりを探すことだけよ」

どうにか言いつくろい、話を進める。

その後の反応に関しても、山蔭の態度に不自然なところはなかった。やはり本心から、牛頭天王の手助けをしたいと思っているのだろうか。

ふと、視線を感じて目をやると、虎太郎がこちらを見ていた。おそらく虎太郎も、同じ懸念を抱えている。

「では、朱雀石の代用品探しを手伝っていただけますか？」

虎太郎の問いに、山蔭は重々しく頷いて言った。

『無論。私にできることがあれば助力は惜しまん』

こうして、れんげたちは藤原山蔭という協力者を得ることになった。

れんげのうわばみ日記　～雉酒編～

『ほう、これはなんとも面妖な』

れんげがピーラーでジャガイモの皮むきに悪戦苦闘しているところを、宙に浮かんだ山蔭が興味深そうに覗きこんでいる。

ここは丹波橋《たんばばし》にある自宅だ。

朱雀石の代わりを共に探すという名目で、山蔭がついてきてしまった。最初は断ったのだが、どうしても役に立ちたいというので断れなかったのだ。

固辞してしまうと、こちらが山蔭に対して疑念を持っていることに感づかれる気がして、拒否しきれなかったというのもある。

カレーの下準備をしながら、虎太郎は苦笑いを浮かべていた。

次の段取りに移るたび、山蔭が悲鳴とも得心ともつかない声を上げている。

『味付けはいかにする？　醤《ひしお》か？』

日本で初めて調理味付けをしたのは山蔭であると言われる。

その道は庖丁道と呼ばれ、当時は貴族のたしなみの一つであった。

彼は出身こそ名門藤原家ではあったものの、彼の生まれた藤原北家は高祖父であった魚名《うおな》が左大臣の地位から謀反《むほん》に連座して罷免《ひめん》されていたため、出世は絶望的であった。

出世の階《きざはし》を得たのは、東宮であった清和天皇の春宮大進に任じられたからだ。

その後三代の天皇に仕えたが、最後に仕えた光孝《こうこう》天皇が料理好きで、料理に秀でていた山蔭を内膳職に任じた。

だが当時の食事情と現代のそれはあまりに違う。まず調味料からして昔は味噌の原型である醤《ひしお》と酢、それに塩くらいのものだった。食材をとっても、食されるのは基本的に肉魚と米であった。

「カレーなのでカレールーです」

虎太郎が買い置きしているカレールーを出してきた。とりだした茶色の塊に、山蔭は目を白黒させている。

『そちらの肉はなんだ？　鴨か？』

「ちゃいますよ。これは鶏肉です」

『だからなんのトリかと……鴨でなければ雁《がん》だろうか』

「ああ、ニワトリです。今日はチキンカレーなので」

『にわとり？』

この反応を見るに、どうやら山藤は鶏を知らないようだ。

『白い羽根に赤い鶏冠のあるトリですよー』

クロがなぜだか自慢げに説明すると、その瞬間に山藤は目の色を変えた。

『まさか……時告鳥《ときつげどり》か！』

そう叫んだかと思うと、まるで恐れおののくように飛びすさったのだ。

おそらく鶏の別名だろうが、それにしてはその態度が妙だ。

『魔よけの鳥を食すなど、恐ろしくないのか』

どうやら山藤は怯えているらしく、その体は小刻みに震えていた。

「魔よけの鳥？」

『そうとも。時告鳥の鳴き声は邪を祓うと言われておる。そもそも、帝の口にすらのぼらない貴重な鳥だぞ』

れんげは脳裏に養鶏場のブロイラーを思い浮かべた。現代日本に暮らしていると、鶏が貴重という感覚はなかなかに理解しがたい。

「今の日本やと、むしろ鶏以外の鳥はなかなか食べへんのですよ。鴨は食べることもありますけど雁は……食べるんでしょうか？」

　生きる時代が違うので仕方のないことだが、過去に生きた神々と接していると意外なところに驚きがあるものだ。

『なんと。では雉酒《きじざけ》はどうするのだ？　ちょうど今が頃合いであろう。菱葩《ひしはなびら》と共に食べれば絶品ぞ』

「雉酒？」

「菱葩？」

　れんげと虎太郎は、それぞれ別の単語に敏感に反応した。

　菱葩とは、花びら餅の別名だったはずだ。

「どういう料理なの？」

『うむ。炒った雉肉を酒に浸すのだ。それを帝から下賜《かし》された菱葩と共に食すのがの節会《せちえ》の楽しみよ』

「そうか、花びら餅はもともと酒のおつまみやったんや」

　聞いてみると、どうやらそう難しくもなさそうだ。虎太郎とれんげは顔を見合わせた。多分同じことを考えている。

「鶏酒、やってみない?」

「俺も興味あります!」

そんなわけでチキンカレーにするためのお肉を、一部雉酒にすることになった。といっても雉ではないので、厳密には鶏酒と言うべきだが。

山蔭の言葉に従い、一口大に切った鶏肉をフライパンで炒め、並行して徳利に移し替えた日本酒を温める。

銘柄は癖のないものをということで、『京姫』の純米大吟醸『匠』だ。やや辛口で、食中酒に向いている。

湯飲みに炒めた鶏肉を盛り、十分に温めた日本酒を上から注ぎかける。温めすぎたため残念ながら香りは少し飛んでいた。

そこから五分ほど、鶏肉の出汁が日本酒に染み出すのを待つ。どんな味になるのだろうと、心躍るひと時だ。

虎太郎はお酒に弱いので、味見役はれんげが引き受けることになった。

だが花びら餅の原型に深い関心を抱いているためか、虎太郎の眼鏡の奥の瞳が好奇心でらんらんと輝いている。

そろそろいいかという頃合いで、満を持して湯飲みに口をつける。口にするよりも前にまず、香ばしい鶏肉の食欲をそそる匂いがした。

「んー！」

思わず声が漏れてしまったのは仕方ないと思う。

出汁の染みた日本酒は味わい深く、癖になるおいしさだ。焼き鳥をアテに酒を飲むのとは一味も二味も違う。

これが鶏でなく、山蔭の言う通り雉であればまた味は変わるのだろうか。雉ならば頑張れば手に入らないこともない。料理は苦手だが、日本酒の飲み方となればれんげとしても興味が尽きない。

次はもっとこうしよう、ああしよう。

そんなことを考えながら、穏やかな夜が過ぎていった。

四折
御饌

さて、問題が山積みだろうと朝はやってくるし、大人だから仕事だってしなくてはいけない。

神様の危機だから休みますなんてわけにはいかないのだ。

そんなわけでれんげは例の如く、粟田口不動産へと出勤した。虎太郎は大学に行き、クロはもちろんのこと山蔭もれんげについてきた。

道中にあるあれやこれやが気になるようだが、特に食べ物に関心があるらしく料理の看板を見ては不思議そうに首を傾げている。

れんげがいつも通り電車に揺られながらぼんやりしていると、山蔭が思いを馳せるように呟いた。

『まさか時告鳥がかように美味だとは』

どうやら、昨晩試した鶏酒に思いを馳せているようである。

確かに鶏の出汁が染みて、初めての鶏酒は大成功だった。今度は山椒《さんしょう》や山葵《わさび》なども合わせて試したいところだ。

『本当においしかった。海苔なんかも合うかも』

もちろんジャガイモの皮むきを手伝ったチキンカレーもおいしかったが、酒に合う料理は特に心が躍る。

『思い出すな』

山蔭は何やら遠い目をして言った。

『御上も具材の合わせを考えるのがお好きであった』

『天皇自ら料理なんてしたの？』

『そうとも。御上は先帝に侍従として仕えていたからの。自らの手で働くことを厭《いと》わなんだ』

都合三代の帝に仕えた山蔭であるが、料理を好んだのは最後に仕えた光孝天皇である。小倉百人一首に納められた『君がため　春の野に出でて　若菜摘む　我が衣手に雪は降りつつ』という歌は、光孝天皇が自ら雪中を食材取りに出た際の歌であり、どれほど料理好きであったかが知れるというものだ。

れんげにしてみれば意外な話だ。天皇が自ら料理するところなど想像がつかない。

それから山蔭の色々な疑問に答えつつ、予定通り就業時間前には職場である粟田口不動産に到着した。

そういえば最初の頃は同じようにれんげを質問攻めにしていたクロも、今ではすっかり現代社会に順応したようで、むしろ偉そうに山蔭にテレビで見た知識をひけらかしている。

それくらいの時が経ったんだなと、なんだか感慨深い気持ちになった。

さて、粟田口不動産の入り口を潜ろうとすると、ちょうど同じタイミングで加奈子が中から飛び出してきた。

「うわっ」

「わ！」

事故こそさけられたものの、お互いに驚いてしまってしばらく思考が停止した。

「そんなに慌てて、どうし――」

「れんげさんっ　お母ちゃんが病院に運ばれたって！」

涙を浮かべた加奈子の叫びに、れんげは一瞬頭が真っ白になってしまった。

⛩⛩⛩

不動産関連の資格を持っていないれんげ一人での営業は無理なので、今日は臨時休業になった。れんげは動揺著しい加奈子に付き添い、病院へと向かうことにした。

付き添うといっても、本当に一緒に行くだけだ。自分で運転して病院に向かおうとする加奈子を止め、タクシーをつかまえた。加奈子の動揺ぶりは傍から見ても明らかで、この状態で運転するのは危ういと判断したためだ。

本当なら自分が運転できればよかったのだがと、れんげは免許のない己を悔いた。

動揺している加奈子の様子を見るに、病状を尋ねることも憚られた。年末に会ったばかりの時の、佳代子の屈託ない顔が思い浮かぶ。

どうか無事でいてほしい。タクシーの車窓を眺めながら、れんげは強くそう願った。

だから病室で佳代子の顔を見た時は、それはそれはほっとした。

「なんや？　二人とも平日の昼間から雁首揃えて」

佳代子はテレビを見ながら暢気《のんき》に煎餅をかじっていた。

「なんやって……そっちこそなんやねんも――――！」

佳代子が無事と知った加奈子は、そう叫ぶと安心したのかその場にへたり込んでしまった。

加奈子の気持ちは大いに分かるので、れんげは同情しつつ手を貸してなんとか彼女を立たせた。

佳代子はテレビを消すと、娘に視線を戻した。もっとも、煎餅を食べる手を止めたりはしなかったが。

「か、階段から転げ落ちたって聞いてめっちゃ心配したんやで！」

「階段？　ああ階段な。ゆうて最後の二段くらいやで。ちょうど来とった門真《かどま》のおっちゃんが騒いで救急車呼んだんよ。まったく」

「まったく――やあらへん！　痛くて動けなくなっとったっておっちゃんゆうとったで。いい加減病院が嫌いなんて言わんと、ちゃんとしてや。あの家やって、階段が急で危ないやんか。店も閉めたんやし、売るなり人に貸すなりして――」

「あかん！」

加奈子の激昂などどこ吹く風の佳代子だったが、話が家のことに及ぶやいなや、別人のように叫んだ。

『ひぃ』

クロが怯えて、れんげの後ろに隠れる。

「あんたには分からんかもしれへんけどな。あの家には代々の思い出やらなんやらがぎょうさん詰まっとるんや。あんたが家捨てるんは勝手やけどな、うちの目の黒いうちは絶対あの場所から動かへんからな！」

「な、捨てたりなんかしてへん！　でもうちにはやりたいことがあんねん。あの家に住んどったら、お母ちゃん絶対邪魔するやんか。それがしんどいねん」

「なんや一人で育ったような顔して。あんたかてあの家に育ててもらったんやで！

ようそんな薄情なことが言えたもんやわ」

関西弁の喧嘩のあまりの迫力に、部屋に入ってからこっち、れんげは口を挟むこともできずやり取りを見守ることしかできずにいた。

だが、そうも言ってはいられない。この喧嘩をそのままにしていては病院の迷惑になってしまう。

なにより、このままでは母子の関係に決定的な亀裂が入ってしまうと思った。娘のために腕によりをかけておせちを用意していた佳代子と、母が階段から落ちたと聞いてひどく動揺していた加奈子。

互いに大切に想っているのに、互いにそれを伝えるのが下手すぎるのだ。

「と、とにかく落ち着いてください。佳代子さん、あまり大声を出すと体に障りますよ。村田さんも、喧嘩するために病院に来たんですか？」

肩で息をしつつ、二人は押し黙る。

互いの目には未だ怒りの色があり、そう簡単に収まりそうにない。

どうしようか考えていたところに、看護師に呼ばれたらしく医者が現れた。彼らは佳代子の家族が来るのを待っていたのだ。

というわけで加奈子は医者の説明を聞くために病室を出ていき、れんげは残って佳代子の相手をすることになった。

「こないだぶりやねれんげちゃん。おせんべ食べる？」

先ほどとは打って変わり、満面の笑顔で佳代子は言った。なんとなくだが、誤魔化されている気がしないでもない。

「あまり、怒らないでくださいね。ここに来るまで加奈子さんひどく動揺していて、佳代子さんの無事な顔を見てほっとしたんだと思います。だからあんなふうに……」

余計なお世話だと分かっていても、言わずにはおられなかった。普段はひょうひょうとしている村田が、あれほどまでに取り乱したのだ。

それほど佳代子を想っているのだということが伝わってきたし、だからこそ仲違いしている二人を見るのは心が痛んだ。

「ええんよ。ありがとうね」

佳代子はこちらに手を伸ばしてくる。どうやられんげの頭を撫でたいが届かないようだ。

気恥ずかしさをなんとか殺しつつ、れんげは彼女の手のひらの下に自分の頭を持っていった。

「れんげちゃんは素直なええ子やなぁ」

そんなことはない。そんなことはないと、自分が一番よく知っている。

「私が素直になれているとしたら、それは私の好きな人のお陰だと思います」

虎太郎がいなければ、こんな自分にはなれなかった。ずっと、他人のことも自分のことも労われない自分のままだった。

「あらま」

佳代子は目をぱちくりと瞬かせ、そして笑った。

「いややわ惚気《のろけ》んといて。焼けるなぁ」

そんなつもりはなかったのだが、冷静に自分の言葉を振り返って顔から火が出そうになった。

どうして虎太郎のことを知らない佳代子にこんなことが言えたのだろう。いや、虎太郎を知っている相手でも言うのは憚られる言葉だ。

佳代子はひとしきり笑った後、少しだけしんみりとした顔をした。

いつも気丈な印象のある人なだけに、寂しげな横顔に胸を打たれる。

「うちも旦那さんのこと、そないに言いたかったわ」

「え？」

だがそれ以上、佳代子が言葉を続けることはなかった。

まもなく村田が戻ってきたので、少し話してれんげは佳代子と村田を二人きりにするべく先に帰ろうとした。

ところが。

「れんげさーん」

振り返ると、先ほどまで一緒だった村田が困ったような顔で追ってきていた。

『どうしたのでありましょう?』

クロが不思議そうにそれを見る。れんげもまったく同じ気持ちだった。

⛩ ⛩ ⛩

「閉めますよ」

運転手の言葉通り、タクシーのドアが閉まる。

村田は実家まで着替えを取りに行くそうだ。今日は終日休みにするということで、れんげはついでに自宅近くまで送ってもらえることになった。

ゆるゆると病院が遠ざかっていく。

「よかったの? もっと話すことがあったんじゃ」

「いいんです。一緒にいても喧嘩になるだけやから」

短時間の間に、村田はひどく消耗したようだった。笑っているが、その顔は引き攣っている。

『村田殿は大丈夫でしょうか？』

クロも心配そうに村田のことを見つめていた。

れんげはかける言葉が見つからず、黙り込んでいた。村田は窓の外に流れる景色を眺めている。

そして十分ほど経った頃だろうか、村田がぽつりぽつりと話し始めた。

「うちの実家って、少し特殊なんですよね。うちは代々女が後を継ぐんです。それで、結婚はしちゃあかん、ゆーて。だから母も、父と仲は良かったけど結婚はしなかった。普通の家族ってやつとは微妙にちゃうかったと思います」

「結婚をしてはいけない……？」

突然の告白に、れんげは度肝を抜かれた。

「はい。そうゆうしきたりなんですわ」

村田は事も無げに言う。人に説明することに慣れているのかもしれない。

そして同時に、先ほどまで一緒にいた佳代子の言葉がフラッシュバックする。『旦那さん』と、佳代子は言った。れんげはそれを彼女の夫のことだと思ったが、そうではなかったのだ。

「しきたりゆうても、私の代で仕舞いです。私は町家や古い建物なんかが好きで、それが壊されんように新しい持ち主探したりする仕事がしたかったんです。放っといたら、どんどん消えてなくなってしまうから」

初めて出会った時、村田はかつて遊郭を営んでいたという町家に固執していた。朽ちるに任せていた町家を持ち主の老人からどうしても借り受けたかったらしく、れんげを巻き込んで策を練っていた。

その理由は、彼女の夢にあったらしい。

思えば若くして社長として不動産屋をやっている理由を、一度も聞いたことはなかった。

「もっとも、小娘が一人で不動産屋なんてできるはずないから、おじいちゃんの力を借りたんですが」

「おじいちゃん？」

「母方の祖父です。ゆうても、おばあちゃんも結婚してないんですけど。だから親戚も少なくて――」

そこまで口にして、加奈子は言葉を途切れさせた。

「ああ、どないしよ」

「村田さん？」

「お母ちゃん、がんなんですって。前々から分かってて、でもお母ちゃんが嫌がるから、お医者さんも私に連絡できずにいたらしくて」

思わぬ内容に、息が詰まる。

まるで血を吐くように、村田は言葉を続けた。

「階段から落ちたんも、がんからくる貧血のせいや言うてはって、一人であの家に暮し続けるのは限界だから入院させるようにって。うち、そんなん全然知らへんくて……っ」

村田の声が震える。彼女は両手で顔を覆うと、俯いて黙り込んでしまった。助手席に設置されたモニターから流れるＣＭが、沈黙の上を空々しく滑っていく。

初めて佳代子に出会った時も、彼女は踏み台から足を踏み外したと言っていた。おそらくそれも貧血のせいだったのだろう。

佳代子はとっくに自分の病状を知っていたからこそ、かたくなに病院に行くのを拒絶した。

やりきれないものを感じつつ、れんげは村田の背をそっと撫でた。かける言葉も見つからないまま、ずっと佳代子と出会った日のことを思い返していた。

まもなく、タクシーは指定していた場所に停車した。れんげの家の近くだ。

タクシーを降りる直前まで、加奈子になんと声をかけていいか分からないままだった。

親戚づきあいの薄かったれんげは、未だ近しい親族の死に立ち会ったことがない。そんな自分が何を言っても白々しいだけのような気がして、言葉が見つからなかったのだ。

けれど別れ際の村田の顔を見たら、何か言わずにはおれなくなった。

「仕事はサポートしますから、村田さんは佳代子さんを支えてあげて。まだできることは少ないけど、雑用ぐらいならできるから」

未経験の分野なので、仕事を代わるからと言えないのが心苦しい。

「れんげさん……」

「他の人にもいっぱい頼って、無理にでも佳代子さんとの時間を作って。喧嘩も我慢して。これは私のわがままだけど――」

こんなことを言われるとは思っていなかったのだろう。村田は目を丸くしていた。自分でもらしくないとれんげは思う。

「後になって、後悔しないように」

死別の経験がなくとも、人生に別れは幾度もあった。その分だけ、後悔なら何度もしてきた。失った過去を取り戻したいと、どれだけ願ったことだろう。

けれど過去は戻らない。ただ自分のやり方で先に進んでいくことしか。

村田は小さく頷いた。ドアが閉まり、タクシーが遠ざかっていく。

⛩⛩⛩

帰宅してからも、れんげの気持ちは沈んでいた。

早く帰ってきたのだから家事を済ませようと洗濯機を回したはいいが、他の家事をしようにも気づくと立ち止まって考え込んでいる。

掃除でもしようと箒を手に取ったのだが、佳代子の家でした掃除を思い出して立ち竦んでしまった。

『れんげ様～、大丈夫ですか？』

先ほどからそのようなことを繰り返しているせいか、クロも心配そうにしている。

ふと、朝からずっと何かを考え込んでいた山蔭が、れんげの目の前に立った。その口は何かを決意したように、きりりと引き結ばれている。

『木瓜大明神に我が庖丁道による庖丁式を捧げたい』

「山蔭さん？　どういうこと」

山蔭はれんげの問いには答えず、宙にかざした右手を開いた。するとその右手には刃渡りが三十センチはあろうかという長い庖丁が現れる。

刃物が現れたことに、本能的な恐怖を覚えれんげは一歩後退りした。

山蔭は真剣な表情のまま、じっとれんげを見つめる。その左手には見たこともないような長い菜箸が現れる。

真魚箸《まなばし》だ。

どちらも山蔭が始祖とされる庖丁式において、欠かせない道具だった。

『牛頭天王は都を疫病から救う神。どれだけ時代が変わろうとも病の無情さは今も昔も変わらぬと、先ほどの者たちを見ていて思い知った。だが、私には鬼門を塞ぐ方策が思いつかぬ。なればこそ、たとえ一時《いっとき》のことでも己の捌《さば》いた御饌《ごせん》によって、牛頭天王のお心をお慰めできればと思うのだ』

「捌く？　牛頭天王のために料理をするってこと？」

れんげの問いに対し、山蔭は重く頷いた。

『いかにも。我が庖丁式の料理は人が食するために非ず。身を清め六根清浄を念じ、料理を通して天下泰平、五穀豊穣を祈願す。糧となる生命に感謝を捧げ、一切の無駄を許さず料理を持って儀となす。庖丁式とは料理を用いた神への祈りなのだ』

「祈り……」

それはれんげにとって、今までに触れたことのない価値観だった。

山蔭の時代と違い、今は食材を得るのになんの苦労もない。お店に行けば望む食材が容易く手に入る。たとえそれが遠く海を越えた異国の物であっても、旬をまたいだ物であってもだ。

だからこそ、食べ物の価値が軽くなっているとも言える。余った物や瑕疵ある物は、人の口に入ることなく破棄されてしまう。それが何かの命を奪ってできたものだとしても。

しかし、山蔭の時代はそうではなかった。

稲作が行われていたとはいえ当時の収穫は安定的とは言い難く、ひとたび凶作となれば多数の死者が出た。

山蔭の主である光孝天皇は、そのことに心を痛めていた。

物の道理が今ほど明らかではない時代、天候が荒れ災害が起これればそれ即ち神の怒りであると考えられた。天皇の資質を、天が問うているのだと。

自らの手で若菜を摘み料理の腕を振るったという天皇は、人が怨霊となって禍を成すのと同じように、人が食する動植物もまた蔑ろにすれば禍を成すと考えたのかもしれない。

山蔭は光孝天皇に命じられ、日本料理の源流ともいえる庖丁式を確立した。

庖丁式の第一義は、あくまで神に捧げるための料理である。

だから消えゆく神に山蔭が料理を捧げたいと願うのもまた、無理からぬことなのかもしれない。

『協力してくれるか?』

山蔭の申し出は、気落ちしていたれんげの心にじんわりとしみ込んだ。

れんげにとって神は、いつも気まぐれだ。こちらの事情など汲んではくれないことが常だった。

だが山蔭はそうではない。

朱雀石の代わりは用意できなくても、せめて自分にできることをしたいという。山蔭の心意気を阻む理由はどこにもなかった。

れんげは深く頷く。

「私にできることなら」

この時れんげは、一瞬でも山蔭を疑ったことを悔いていた。本当に牛頭天王を弱らせるつもりなら、こんな申し出などしてくるはずがない。

『我もお手伝いしますぞ！』

主に釣られたのか、神使の狐も名乗りを上げる。

『かたじけなし』

「それで、手伝いって何をすればいいの？」

口早にれんげは尋ねた。今は何かしている方が、気がまぎれる。

だが、山蔭の口から飛び出したのは思いもよらぬ返答だった。

『まずは鱸《すずき》を一尾、用立ててもらいたいのだ』

先ほどまでの感動はどこへやら。れんげは呆気に取られてしまった。

「鱸……他の魚じゃだめなの？　今は旬じゃないから――」

鱸の旬は春から夏にかけてだ。旬を外すと風味がよくないため、市場にはあまり出回らない。

『だめだ。どうしても鱸でなければ』

ここまで他の神々に比べかなり話が通じる相手であった山蔭だが、残念なことに料理に関しては譲れない部分があるらしかった。

れんげとしてもできれば彼の希望に沿いたいところだが、だからといって旬ではない魚を提供するというのはなかなかに難しい。内陸にある京都では難易度は更に上がる。

とりあえず近所の魚屋にでも問い合わせてみようかと考えていると、ここで思いもよらぬ声が上がった。

『ならば我が捕まえてきます！』

叫んだのはクロだ。

先ほどまでこたつに潜っていたはずだが、今はやる気満々ではあはあと荒い息を吐いている。

「捕まえるっていったいどうやって……ってクロ⁉」

こちらの話を聞いているのかいないのか。せっかちな狐はれんげを残して飛び出して行ってしまった。

話をしていたれんげも、鱸を所望した張本人である山蔭も、これには驚いてしばらく何も言えなかった。

虎太郎の甘味日記　～鳰の浮巣編～

木枯らしが吹いている。

その冷たさに思わず虎太郎は首をすくめた。年が明けて寒さは和らぐどころか、より一層その厳しさを増している。

海風の吹き付ける故郷よりも寒く感じるのは、この都が山に囲まれた盆地ゆえなのか。

自分はまだいい。慣れているのだから。

しかし京都で初めての冬を越そうとしているれんげはさぞ辛いだろう。そう思うと居たたまれないものがある。

明け方れんげが震えていたので、虎太郎は葛《くず》菓子を買って帰ることにした。

大体どこの和菓子屋も、冬には葛菓子が並ぶ。地味な印象のある葛湯だが、和菓子売り場のそれは包装にも趣向が凝らされていて、同じ葛菓子でも色や形など様々だ。

これを見せたら驚くだろうかとか、喜んでくれるだろうかとか、考えながら選ぶのがまた楽しい。

百貨店の和菓子売り場を勝手知ったるなんとやらで練り歩き、数多ある葛菓子の中から選んだのは――。

⛩⛩⛩

休日なので、れんげは在宅していた。だが出迎えてくれた恋人は浮かない顔をしている。

「なにかあったんですか？」

軽い気持ちで問うと、予想外の答えが返ってきた。

「クロが⁉」

同居している神使の狐が、突然飛び出して行ってしまったというのだ。

確かに彼女の隣に見慣れた獣の姿はなく、狐がいるとそれだけで騒がしい我が家も、今はしんと静まり返っている。

腰を落ち着けて更に詳しい話を聞いてみると、牛頭天王に捧げる鱸を用意してほしいと山蔭に頼まれ、止めたが飛び出して行ってしまったというのだ。

ならば鱸を求めてどこかへ向かったように思われるが、残念ながら虎太郎にも心当たりはない。

「近くを探してみたけど、どこにもいなくて」

れんげは不安そうに顔を曇らせていた。

「困りましたね……。とりあえず一晩待ってみて、帰らないようなら黒烏《くろお》さんに相談しましょう」

黒烏は伏見稲荷大社の神使で、数多の狐をまとめ上げる狐の総領、白菊命婦《しらぎくみょうぶ》の実の息子である。平安時代の公達を思わせる涼やかな見た目をしているが、事あるごとにれんげにちょっかいをかけてこようとするので虎太郎からすればあまり会いたい相手ではない。

だが母である白菊命婦は更に苛烈な性格をしており、そう簡単に会える相手でもない。背に腹は代えられないというやつだ。

一方で、クロは案外すぐに帰ってくるのではという思いが虎太郎にはあった。

突然飛び出してしまったのは頂けないが以前と違ってクロには落ち着きが出てきたし、自分に何かあればれんげが心配するというのは理解しているはずだ。

それよりも今は、れんげを落ち着かせることの方が大事だと思った。どれほど探していたのか、何気なく触れた手は冷たく凍えていた。

「ちょっと休みませんか？　いいもの買ってきたんです」

そう言って、鞄の中から葛菓子を出した。

「でも…」

戸惑うれんげの手を握り、こたつの前に座るよう誘導する。

最近気づいたのだが、彼女は気が強いようでいて意外と押しに弱い。今も困り果てた顔をしつつ、虎太郎の手を振りほどけない様子だ。

『鳰《にお》の浮巣《うきす》？』

葛菓子に同封された紙には水鳥が二羽描かれていた。商品名は毛筆で書かれており読むのが難しいのだが、山蔭にはその文字が読めたようだ。

耳馴染みのない単語にれんげも不思議そうにしている。虎太郎も商品名を見てその名が読めなかった口なので、山蔭の言葉に耳を傾けた。

『鳰というのは小さな水鳥だな。春になると淡海には、鳰の巣が数多浮かぶのだ。懐かしい』

山蔭は何かを思い出すように目を細めている。

「見たことがあるの？」

『ふむ。栄華を極めし藤原の一族と言えど、我が北家はご先祖様が謀反に連座してな。父も地方の役人をしておった。私も美濃育ちの田舎者よ』

つまり左遷されていたわけだが、内容の割に本人はさほど気にしていないのかむしろ楽しそうにしている。

虎太郎からすれば山蔭は天皇の信任篤い生粋の貴族というイメージがあったので、この言葉は意外だった。

鳰とはカイツブリともいい、山蔭が言うように水生植物の葉や茎を使って水に浮かぶ巣をつくる。だからこそ浮巣というわけだ。

包みは三つ。

お湯はポットで沸かしていたので、湯飲みを三つ用意した。

和紙の小さな包みを開けると、茶色、白、抹茶色の葛菓子が入っていた。楕円形の菓子には渦を巻く水草の巣が表現されている。

紙に書かれた通り湯飲みに葛菓子を入れお湯を入れると、あっという間に巣は溶けてしまった。

だがその中から、鳥の形をしたあられが二つ浮かび上がってくる。

クロがいたら、鳥が出てきたときっとはしゃいだことだろう。

「温かいうちに飲んでください。風邪をひいたらクロを探しに行けなくなりますよ」

たしなめるように言うと納得したのか、れんげは大人しく頷いた。

「ありがとう」

呟くようにそう言うと、火傷しないように葛湯をふうふうと冷ましている。

山蔭が抹茶で、れんげがスタンダードな白。茶色のこし餡は虎太郎だ。まるでお汁粉のようになったそれに口をつけると、ほのかな甘みが広がった。体がじんわり温まる。

『なるほど、鳰は夫婦で巣作りするというが、ここはうぬらの巣なのだな』

虎太郎は、一瞬何を言われたのか分からなかった。

山蔭は訳知り顔で笑っているし、一拍おいて言葉の意味を悟ったれんげは、激しく動揺して湯飲みを落としそうになっていた。

浮巣という言葉は夏の季語で、ゆらゆらと揺れて頼りない様という意味がある。頼りないのは嫌だなと思いつつ、山蔭の言い回しは悪くないと思った。

五折

庖丁式

『んんんー！』

翌朝。

れんげと虎太郎は、妙な唸《うな》り声に起こされた。

「な、なに？」

「さあ……」

いつまで経っても唸りがやまないので、虎太郎が恐る恐る玄関を開けた。

飛び込んできたのは、昨日探し回ったはずの毛玉だった。その口には、己と同じ大きさはあろうかという魚――鱸が咥えられている。

『ちゃんと捕まえてこれましたよ！』

どうぞ存分に褒めてとばかりに、狐が胸を張る。だがれんげはそれどころではなかった。

「クロ！」

その毛むくじゃらの体に抱き着くと、ふわふわの毛皮に顔をうずめる。

『れ、れんげ様？』

常にはないれんげの態度に、クロも驚いたようだ。どうしたらいいのか分からず、硬直したまま尻尾を項垂《うなだ》れさせている。

虎太郎はクロの頭をそっと撫でると、家出狐に苦言を呈した。

「ちゃんといつ頃帰るか言って出なあかんやろ。れんげさん心配してたで」

そう言いながら、三角耳を落ち着かなさげに動かしている狐の頭を撫でた。

一方で、山蔭はクロの持ち帰った鱸を見分している。

『これは……現世の鱸ではないな』

『れんげ様が普通の鱸ではダメだと言っていたので、異界の鱸を捕まえてきたのです』

「異界？」

『れんげ様も行ったことがありますぞ？』

腕の中でもぞもぞと身じろぎしながら、毛玉が言う。

『此岸と彼岸のあわいです』

よく分からないが、クロの方もどう説明していいのか分からないようだ。

「とにかく、無事に帰ってきたならもういい。今度どこかに行く時は、必ず行先といつ頃帰ってくるか言ってからにして。絶対に！」

厳重注意を受け、狐は尻尾を萎れさせていた。良かれと思っての行動だと分かっているが、報連相は大事だ。

行先がどこか分かっていれば、どこにいるのかと気を揉まなくて済む。

「山蔭さん。その鱸は使えそうですか？」

　クロが持ち帰った鱸は、先ほどから山蔭が真剣な顔で検分していた。虎太郎が彼に向かって尋ねると、言葉少なに厳かな様子で頷く。

『現世の肉体を持たぬ鱸だが、問題はなかろう』

　そんなわけで、未だ朱雀石の変わりは見つからないものの、山蔭の意向で鱸を神饌として木瓜大明神に捧げることとなった。

　それにしても山蔭は、どうして旬でもない鱸という魚を神饌に選んだのだろうか。鯛や鯉ならばなんとなく分かるが、正直なところ鱸という魚にお供え物のイメージはない。

　更にれんげは、晴明の言葉があるため未だ朱雀石の代わりを探すことに対して少しの抵抗があった。

　代わりと言ってはなんだが吉田神社の創始者である山蔭が神饌を捧げることで、牛頭天王たちの真意を測ることができるのではという思惑もあった。

　彼らが吉田神社に恨みを抱いていたら、山蔭の奉じる神饌を受け入れるはずがないからだ。

　相手を量るような真似はしたくないが、この問題をクリアにしなければ事態も進展しない。

そういうわけで山蔭の言う吉日を選んで、れんげはクロと山蔭と共に吉田神社へと向かった。

虎太郎にはどうしても都合がつかない、と謝られたが、大学卒業のための大切な時期なので、どうか自分のことを優先してほしいとこちらから断った。

婚約者はお人好しすぎて、自分のことを蔑ろにしてまでれんげを助けようとするので、ありがたいやら申し訳ないやらだ。

⛩ ⛩ ⛩

その日はよく晴れていた。

出勤ラッシュがひと段落ついた朝九時。三度目の吉田神社は、今までになく静謐な空気に包まれている気がした。

もしかしたら山蔭の気迫から来るものかもしれない。

なぜなら彼は、庖丁式の儀式をすると決めて以来精進潔斎《しょうじんけっさい》を続けており、言葉少なであるにも関わらず日に日に凄みを増していたからだ。

一方で、れんげは牛頭天王たちに再び相まみえることを、少しだけ恐れていた。いや、恐ろしいというのは少し違うかもしれない。れんげは今日、朱雀石について晴明から言われたことを彼らに追求しようと考えていた。

危険かもしれないが、虎太郎がいないからこそ聞けることだ。虎太郎がいたら、彼の安全が第一でそんなこととても口にできない。

なので恐れとは木島神との関係が壊れるかもしれないという恐れであり、畏怖の感情とはまた少し違うのだった。

今宮社を訪れてみると、なんだか随分と久しぶりな気がした。実際にはひと月も経っていないのだが、年明けからこっちずっと濃密な日々だったので、そう感じたのかもしれない。

『来たか』

まるでれんげたちが来るのを事前に知っていたかのように、今宮社には牛頭天王と木島神が待ち受けていた。

「朱雀石の代わりになるか分からないけれど、今日はあなたたちに捧げたいものがあってきたの」

先にれんげが口を開くことは、山蔭との打ち合わせであらかじめ決めたことだった。

吉田神社に祀られる山蔭が前面に出ると、牛頭天王たちの怒りを買う危険性があると危惧したのだ。

『して、その代わりとはなんだ。そこな男と関係が？』

今まで聞いたことがないような冷たい声で木島神が言う。やはり一目見ただけで、山蔭が吉田神社に所縁ある者だと気が付いたのだろう。

緊張した面持ちで山蔭が進み出る。

彼はそのまま地面に膝をつくと、頓首《とんしゅ》と呼ばれる地面に頭をつける動作をした。そこからゆっくりと顔を上げ、社の縁に座る神々を見上げる。

れんげはごくりと息を鳴らした。

なにを言うつもりなのかは、彼女も聞かされていなかったからだ。

『釣為《つりす》る狐の、口大《くちおほ》の尾翼《おはた》鱸さわさわに控《ひ》き依《よ》せ騰《あ》げて、打竹《うちたけ》のとををとををに、天《あま》の真魚咋《まなぐひ》献る』

山蔭が朗々《ろうろう》と謳《うた》いあげると、木島神は驚いたように口を開けた。牛頭天王の表情は変わらない。もともと人のそれと違う彼の表情は読みづらいのだ。

辺りがしんと静まり返る。れんげは静かに成り行きを見守っていた。山蔭の緊張が、こちらにまで伝わってくるようだった。

『ははは、なにを言うかと思えば』

木島神は高らかに笑い出した。

『狐が釣った鱸とは、櫛八玉《くしやたま》とは随分と趣向が違うようだ』

「くしやたま?」

れんげの問いに答えたのは牛頭天王である。

『国譲りの折、出雲の宮殿に移る大国主に遣わされた膳夫《りょうりにん》よ。その料理を供された大国主は、祭りを受け入れたという』

つまり目の前の光景は、国譲りの場面の再現ということだ。山蔭は己の名を忘れるほど衰えた神に、かつての懇ろな祭祀を思い出させようとしているかのようだった。

だからこそ山蔭は今回、古事記に記された国譲りの儀式になぞらえるため、敢えて魚の中で一等とされる鯛ではなく鱸を選んだ。

木島神こと大国主命に、天津神の子孫は決してあなたを蔑ろにしたいわけではないと伝えるために。

そして庖丁式は、厳かに始まった。

しめ縄をかけた巨大な俎《まないた》を前に、山蔭は顔を上げる。

そして流れるような動作で膝行《しっこう》のまま俎の前についた。

膝行とは神前などで行われる、膝をついたまま歩くことを言う。一見行儀が悪く見えてしまう行為だが、目の前の動作はちっともそうは見えなかった。

山蔭は両手の親指で俎の状態を確認し、そしてそれが済むと俎の上に鱸が置かれ、いよいよ庖丁式による解体が開始された。

山蔭に庖丁式を体系立てるよう命じた光孝天皇は慈愛の人であり、料理によって失われる命に心を痛めていた。

山蔭はその意を汲んで、食材への感謝と祈りを込めた儀式としての庖丁式を確立させたのだ。

彼は右手に庖丁刀と呼ばれる八寸の長さからなる庖丁を持ち、左手には真魚箸という特殊な箸を手にしていた。真魚箸の長さは一尺八寸。人の煩悩の数である百八がその由来である。

庖丁式では捧げものが己の手で穢れることがないよう、刀と箸のみを用いて食材を解体していく。その作法は細かく定められており、切り方も一つではない。めでたい魚ということで儀式によく用いられる鯉などは、驚くことに三十六通りもの捌き方があるのだ。

その手さばきには迷いがなく、山蔭は静かに、しかし確実に作業を進めていく。

意外に思えるかもしれないが、庖丁式の基本は五行陰陽からなる。素材にもそれぞれ属性があり、魚と一言で言っても海の魚は陽、川の魚は陰といった具合である。他にも、丸い器は陽、角ばった器は陰となり、その盛り付けによって陰と陽の調和をなす。

庖丁式は料理ではなく、正しく儀式なのだ。

れんげは息を呑んだ。生き物の体が食材への姿に変わっていく。ただの料理といってしまえばそれまでだが、決してそれだけではない神聖さがそこにはあった。

どれだけ時がたっただろうか。大仰な儀式のように思われたが、山蔭が手際よく進めたのであっという間に鱸は切り分けられてしまった。まな板の上の鱸が、不思議な形に盛りつけられている。なにか意味があるのだろうが、れんげには見当がつかなかった。

山蔭は庖丁と箸を収め、後退りして頓首する。

これが今なお続く、庖丁道の作法である。

息を殺して成り行きを見守っているれんげの目の前で、不思議なことが起こった。切り分けられた鱸の体が光ったかと思うと、牛頭天王と木島神にそれぞれ吸い込まれていった。

唖然として俎の上を見ると、そこにはもう切り分けられた肉の欠片も残されてはいなかった。

心なしか、牛頭天王の体が少し大きくなった気がする。好んでその姿でいるという木島神は小さいままだったが。

牛の顔を持つ牛頭天王が、重々しく頷く。

『うむ。汝の志、確かに受け取った』

その時、何かに気が付いたように木島神が言った。

『そこの者、天之子八根命《あめのこやねのみこと》が末か』

天之子八根命は、吉田神社にも祀られる藤原氏の祖先である。天照大御神が天岩戸《あまのいわと》に隠れた際には、岩戸の前で祝詞を唱えた祝詞の神であった。

ゆえに、鎌足の功績で藤原の姓を賜るまで、中臣《なかとみ》氏は神官の一族として天皇家に仕えてきた。

『では儂からは信託を下そう。天《あま》つ水が濁っておる』

れんげには何を言っているのか分からなかったが、木島神がそう言うと、山蔭はさっと顔色を変えた。

『それはまさか、天神寿詞《あまつかみのよごと》にある天の八井の水でございますか？』

木島神は山蔭の反応を一顧だにすることなく目を伏せると、感情が込もっていない平坦な口調で言った。

『殺しつくし滅ぼしつくし手にした国だ。せめて太平を願わん。諍いが人の世の常であるとしても』

その物騒な物言いに、れんげはぎょっとしてしまった。

今までの木島神のイメージとはあまりに違う。その言葉からは山蔭の祖先である天之子八根命との因縁を感じさせた。

木島神が内包する大国主命は、国津神の頭領としての顔と同時に、怨霊としての側面も持ちあわせている。

先ほど彼が口にした殺しつくし滅ぼしつくしという言葉は、かつて大和朝廷に滅ぼされた人々を指しているのだろう。

排斥《はいせき》された人々が信仰した神もまた、大国主命に習合されているのだから。

頓首したまま顔を上げなくなってしまった山蔭に対し、木島神はすぐに興味を失ってしまったようだ。

そして顔を上げると、羽をはためかせてれんげの方へとやってきた。

『やれやれ、中臣《なかとみ》になにか入り知恵されたか？』

呆れたような言葉に、れんげはぎくりとした。読まれている。晴明に言われた木島神の嘘を警戒して、朱雀石の代わりを探せないでいることに。

だが、たとえそれが真実でも、山蔭の疑いははらさねばならない。れんげは首を振って強く否定した。

「違う。山蔭さんに言われたわけじゃない。でもあなたたちが嘘をついているんじゃないかと疑ったのは本当。石の配置が、おかしかったから」

こう言っておけば、誰かから言われたわけではなく自分で気づいたとミスリードできる。

頼った上に迷惑をかけるわけにはいかないので、晴明の名前を出すことは避けたい。

『やれやれ、今時分の人間であれば気づかぬかと思ったが』

木島神は少しわざとらしくため息をついた。

残念そうな言葉とは裏腹に、少し楽しそうに見えるのはなぜなのか。

『確かにこの社は、四神相応とはいいがたいな』

まるで話題をさらうようにして、牛頭天王が苦笑しながら言った。相変わらず感情の起伏が分かりづらい。

頭が牛なので仕方がないのは分かっているのだが。

『よくもまあこんなけったいな方法を思いついたもんじゃ。鬼門を開いて力を削ごうなどと』

木島神の言葉は、晴明の話と符合していた。

「じゃあ本当に……」

晴明の言っていたことは本当だったのだ。

木島神と牛頭天王は、れんげに嘘をついていた。

そしてもとからありもしない朱雀石を手に入れて、力を得ようとしていたのだ。

『勘違いしないでくれ。儂らは、なにもおぬしらを騙そうとしたわけじゃありゃあせん。だが、お前の了解を得ようにも時間がなかった』

「時間が？」

寿命を持たない彼らが、どうして時間を気にするのかが分からない。

すると訝しんでいるのが伝わったのか、今度は木島神ではなく牛頭天王が口を開いた。

『大己貴《おおなむち》を責めんでくれ。あが力を望んだのだ』

「牛頭天王、一体どうして……」

『それは――』

牛頭天王が言いかけたところで、今宮社の境内に小さな影が走りこんできた。以前出会った少女だ。

今日も一人でお参りに来たのだろうか。保護者の姿が見当たらない。

転んだりして怪我をしては大変だと思い、れんげは牛頭天王をおいて少女に駆け寄った。

「あ、お姉ちゃん！」

少女は以前会った時と違い、溢れるような笑顔だった。

そのことに少しほっとしたものの、お参りのためとはいえ一人で家を抜け出してくるような子どもだ。油断はできない。

「今日もお参りに来たの？」

れんげが問うと、少女は大きく頷いた。

「そうだよ。神様にね、ありがとーっていうの！」

どういうことだろうと話を続けようとしたところに、必死な女性の声が響いた。

「あゆちゃん待って！」

少女の後ろから、息を切らした女性が走ってきた。彼女は少女を逃がすまいと手をつなぐと、ようやく追いついたとばかりに安堵のため息を漏らす。

「捕まえておいてくださってありがとうございます。本当にすばしっこくて。ママたちを置いていっちゃだめでしょ！」

どうやら彼女が少女の母親のようだ。保護者がやってきたことに、れんげはほっとした。

だがそこで不思議に思う。

以前会った時、少女は入院した母親のためにお参りに来ていたからだ。

すると今度は一人の男性が、慌てて境内にやってきた。不自然に膨らんだその胸部には、赤ん坊を支えるための抱っこひもが結ばれている。

「よかった、やっとおいついた」

彼が少女の父親なのだろう。ということは胸に抱いているのは少女の妹か弟か。

そこでれんげはピンときた。少女の母親が入院していたのは、出産のためだったのだと。

「この方が引き留めていてくださったの」

母親がそう言うと、父親の方もこちらが申し訳なくなるぐらいに恐縮していた。

「ありがとうございます。いつの間にこんなに歩けるようになったんだか。母親が戻ってきて嬉しいのか、すっかり活発になってしまって」

れんげは苦笑いをした。

まさか家から抜け出してお参りにも来てましたよなどと、言えるはずもない。

「いえ、とてもいい子にしてましたよ。無事でよかったです」

そんなやり取りのあと、彼らは吉田神社の本殿にお参りすべく今宮社前の石段を登っていった。

幸せそうな家族を見送って、話に戻る。

なんの話をしていたか思い出そうとしたところに、牛頭天王が先ほどの家族を目で追っているのが見えた。

『そうか、病ではなかったのか……』

「え？」

そして牛頭天王は少しの間黙り込んだ。れんげが戸惑っていると、木島神がぽんぽんと牛頭天王の肩を叩く。

『いやいや、子が産まれたというのであれば喜ぶべきことではないか』

『そうだな。めでたいことだ』

「あのご家族のこと、知ってたの？」

思わず尋ねると、木島神が苦笑しながら言った。

『あのちびすけが、毎日毎日一人で手を合わせに来るのでな、こやつが母親を助けようと言い出したのじゃ。だがどこの誰とも知らぬ母親を助けるのに、今の儂らでは力が足らん。そこでお前たちがせめて鬼門を閉じてくれたらと思ったのだ。まさか妊娠だとは思わんから、病ならば時間がないと焦って説明を怠ったのが悪かった』

『お前たちには、申し訳ないことをした。もう朱雀石の代わりは不要だ。願いは叶えられた』

牛頭天王たちが力を望んだのは、あの子供の母親を助けるためだったのだ。

そのことを知って、れんげはなんとも言えない気持ちになった。

一瞬でも彼らを疑ってしまった申し訳なさと、嘘の理由がただ単に焦っていたからだと知った安堵。

彼らは確かに力を欲していたけれど、それはいとけない少女の願いを叶えるためだったのだ。

「よかった」

様々な思いを込めて、れんげは言った。

木島神たちの嘘が、危惧したようなものでなくて本当によかったと思った。晴明の言葉を鵜呑みにしたわけではなかったが、木島神や牛頭天王が恨みを持って人間に何かをしようというのなら、自分が止めなければと気を張っていたのだ。

だが彼らが力を欲した理由は少女の母を癒すことであり、決して悪しき理由ではなかった。

更に少女の母も不調の理由は病ではなく、出産のためだと分かった。その出産も無事に済んだということであれば、二重に目出度い。

れんげはほっと胸をなでおろした。

『お前たちにも余計な手間をかけさせた。礼をせねばなるまい』

牛頭天王が目を細めながら言う。

そうしていると牛の黒々とした目が優しげに見えるから不思議だ。

『そんな、決してそのようなつもりでは』

山蔭が慌てて固辞する。

屋敷神のつもりで吉田神社を興した彼にしてみれば、土地を奪ったせめてもの罪滅ぼしのつもりだったのだろう。

『いいや。素晴らしいものを見せてもらったのだ。受け取るままというわけにもゆくまいて。衰えたとはいえ、我々はそのような薄情な神ではないぞ』

晴れやかな笑みを浮かべて木島神が言う。短い付き合いだが、彼がこんな顔をしているのは初めて見たかもしれない。

『なれば、この女人にお礼をお願いいたしまする。鱸を供したるはこの者の式神にありますれば』

山蔭はれんげを視線で示しながら言った。

凄いだろうとばかりに、クロが胸を張っている。

厳密にはこの狐は伏見稲荷大社の神使で、れんげの式神ではないのだが。

「そんな……庖丁式をしたのは山蔭さんなのに」

自分は何もしていない。

そう思い辞退しようとするが、山蔭は困ったように笑った。

『分かってくれ。儂の立場では諾々と礼は受け取れぬ。生者であるおぬしに与える方が、歴々も施し甲斐があろう』

そんなものだろうか。

今まで多くの神々に出会ってきたが、こんな風に言われたことは一度もないので戸惑ってしまう。

それにれんげの性質からいって、己の願いを神に頼むのは抵抗があった。成したいことがあれば己で成す。それが彼女の性格だったからだ。
けれど一方で、ここまで言われて話を受けないのも気が引ける。
ちらりと脇を見ると、クロが期待に満ち溢れた目でこちらを見ていた。固辞すると
クロの頑張りまで否定するようで、なんとも心が痛む。
「それじゃあ……」
考えて考えて考え抜いて、れんげは神への願い事を口にした。

エピローグ

「そないな理由やったんですか」

虎太郎がこたつに当たりながらのんびりと口にした。

吉田神社でのことの顛末を話しながら、二人は週末をのんびりと過ごしていた。

お茶うけは『本家尾張屋』の『蕎麦《そば》ぼうる』だ。

蕎麦屋としても長い歴史を持つ尾張屋だが、実のところ菓子屋としての歴史の方が古い。室町時代、尾張国で商いをしていたものが、室町時代にやんごとないお方に請われて京へ上ったという。

今ではスーパーで売られているほどポピュラーなお菓子だが、素朴な味わいはどこか懐かしさを感じさせる。

更に蕎麦ぼうるに合わせて、今日は虎太郎が緑茶ではなくそば茶を用意してくれた。

こういう細部に気が回るところに、常々凄いなと感心するばかりである。

「それにしても、一切手を触れずに料理するゆうんは凄いですね」

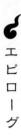

「うん。それに直接見てると、料理っていうより神事なんだって感じたよ。一つ一つの動作に、すごく集中しているのが伝わってきた」

れんげが庖丁式でもっとも感じ入ったのは、山蔭の集中力であった。

直接手で触れず箸と庖丁のみで捌くという難易度の高い作法を、最後まで集中を切らさず彼はやりぬいた。

彼が生きた時代を思えば、それも当然かもしれない。山蔭が料理の腕を振るったのは時の天皇の御前だ。

御所で行われる神事であれば誰か個人の安寧を願うものではなく、国全体のための神事であったはず。失敗など許されない。

彼は文字通り命を懸けて、その任務にあたったのだろう。

木嶋神や牛頭天王が満足したのを見届けて、彼も己の社へと戻っていった。初めは疑ったりもしたが、藤原山蔭という強力な助っ人がいたことで、なんとか無事に解決できたのだと思う。

『れんげ様～。我の活躍はいかがでしたか？』

ふと、こたつ布団ががさがさと動いて、中から寝ぼけた狐が顔を出した。

どうやら話を聞いていて、自分も褒めろと言いたいらしい。

れんげは笑いながらその頭を乱暴に撫でた。

「はいはい。クロ様のおかげで鱸を手に入れることができました」

撫でられながら、クロは拗ねたような声を出す。

『それにしてもれんげ様は欲がないのです。せっかくの機会でしたのに』

欲がないというのはおそらく、れんげが木島神たちに口にした願い事についてだろう。

「よかったのよあれで。あんたにはご褒美にジャーキー買ってあげたでしょ？」

クロは最近砂肝ジャーキーにはまっているので、それを今回の功労賞としてたっぷり買い与えたのだ。

「村田さんのお母さんの腰を治してもらったんでしたっけ？」

れんげがした願い事は、既に虎太郎にも話してあった。

虎太郎の言葉に、れんげは曖昧に頷いた。

「痛みを取ってほしいってお願いしたの。病気を完全に癒すような——寿命が変わってしまうような願いはだめだけれど、痛みを取ることはできるって言われたから」

願い事をと考えた時、ふと思い浮かんだのが一人暮らしで難儀している村田の母佳代子のことだった。

彼女は自分の暮らした町家を愛し、不便でもずっとそこで暮らしたいと願っていた。だが病の痛みがひどくなればそれも難しくなるだろう。

だかられんげは佳代子が少しでも長く自宅にいられるようにと、彼女の痛みを和らげてほしいと願ったのだ。

だがクロが言うように、れんげに欲がないというわけではない。ただ性格的にどうしても、自分の人生を神頼みにしたくないという考えが強すぎるのだ。

あれからしばらくして、娘の村田から佳代子がまた町家での一人暮らしに戻ったという話を聞いた。

村田は気をもんでいるようだが、本人が望んでいるのなら自宅に戻れてよかったと思う。

れんげは口では困ったふうに言いながら喜びを隠し切れないでいる上司の顔を思い出し、クロの毛皮をより乱暴にかき混ぜた。

しばらくそうしてやると、満足したのか再びクロはこたつ布団の中に潜っていってしまった。

「あはは、クロは相変わらずこたつ大好きやなあ」

虎太郎も笑っている。

穏やかな時間だ。

正直なところ、こんなに穏やかな時間を過ごしている自分に、れんげは驚きすら覚えるのだ。

お正月を迎えた京都はますます冷えて、こたつに入っている時間も相対的に長くなる。

隙間風の多い町家だというのも理由の一端ではあるだろう。

夏暑く冬寒い京都の町家は、いかに夏に涼しく過ごせるかということを念頭に置いて建築されている。

その分厚着をして、昔はそれこそ身を寄せ合って、冬の寒さをやり過ごしたのだろう。

一月も半ばを過ぎたがまだまだ冬の寒さは衰えることがない。

一方で最近気づいたのは、京都のお正月は心なしか長いということだ。

東京では三が日を過ぎるとすぐ日常生活に戻ってしまうが、京都ではそれ以降もなんとなく正月気分が続く。

もちろん仕事始めはあるのでお休み気分というわけではなく、正月向けの商品が店頭にある時間が少しばかり長いのだ。

十五日までは小正月といって、正月気分でいても許されるというのが村田の談である。

京都に来て、色々なことに驚かされた。様々な感情を味わった。

正直なところ。京都にやってきてまだ一年経っていないなんて信じられない。もう五年や十年は暮したんじゃないかという気持ちだ。

だがこんなことを大っぴらに言っては、きっと多方面から怒られてしまうだろう。一年京都で過ごしたところで、悠久の都の表面を軽くなぞっただけに過ぎないと。

れんげが言いたいのはつまるところ、それほどまでに濃密な一年間だったということだ。

退職して全く未経験の業界に就職し、大きく人生の転機にもなった。

今となってはもう東京での日々が遠い昔のようで、京都に来た当初感じていた胸の痛みも、今はただ記憶の中に残るのみだ。

あの時はあれほど痛んだというのに、今は何も感じない。現金なものだなあと思う。

もし自分が元彼である理《おさむ》のことを本当に愛していたなら、これほど早く傷が癒えたりはしなかっただろう。

理とは自分でも気づかぬ間に、惰性で縛り付ける関係になっていたのだ。

その自分がまさか、宿泊先の家主である大学生と婚約することになろうとは。だがおかげで、あの日の傷が和らいでいるのも事実だ。

こうして穏やかな気持ちで当時のことを振り返れるようになった。そんなふうに変われた自分が嬉しいと、れんげは思う。

「考え事ですか？」

こたつの脚を挟んで斜め向かいに座っていた虎太郎が、顔を覗き込んできた。毎日見ている、見慣れた顔だ。

分厚いレンズにれんげの顔が映りこむ。

「うん。色々なことがあったなって」

「そうですねぇ。本当に色々ありましたね」

虎太郎は何度も頷いて深く同意した。彼にとっても激動の一年だったことだろう。

そこでふと思いついたように、虎太郎が言葉を続ける。

「そう言えば俺、コンタクトにしようかと思てるんですよね」

「え？」

突然なにを言い出すのかと、れんげはその分厚い眼鏡を見つめた。

「素顔でいるのが苦手でずっと眼鏡で通してきましたけど、せっかく就職するんやし、見苦しくないようにコンタクトにしよかなって」

どうやら虎太郎は、正式な就職に向けて自分の見た目を気にしているようだ。

今のままでも清潔感はあるが、虎太郎の分厚い眼鏡を人によってはやぼったいと感じるかもしれない。もちろん眼鏡が悪いということはないが、虎太郎なりに真剣に取り組む気持ちの表れなのだろう。

以前バイト中にコンタクトをしているところを見たことがあるから、体質的に付けられないということはないらしい。

残念ながられんげは視力が良いため眼鏡もコンタクトも使用したことがないので、役に立つアドバイスはできそうにないのだが。

目の前の顔をじっと見て、彼が眼鏡を外した時のことを思い浮かべる。

「……いいと思うけど、ちょっと嫌かな」

咄嗟に口からこぼれたのは、イエスでもノーでもない曖昧な答えだった。

れんげがこのような返事をすることは珍しいので、虎太郎は不思議そうな顔をしている。

思い出すのは、虎太郎がアルバイトしていた時の姿だ。コンタクトで働く虎太郎はかっこよくて、客として訪れていた若い女性にアプローチされていた。

あの時はなんとも思わなかったが、今同じ場面を目撃したらきっと嫌な気持ちになるだろう。想像しただけで、思わず眉をひそめたくなってしまう。

「虎太郎って眼鏡外すとモテるから、婚約者としては複雑だよ」

その返事は虎太郎にとって予想外だったらしく、彼はそば茶を噴き出しそうになって慌てて咳き込んでいる。

「大丈夫？」

あまりの動揺ぶりに慌てて背中をさすっていると、しばらくして咳が収まってきた。だがあまりに咳き込み過ぎたせいか、色白の頬が真っ赤に上気している。まるで熱でも出したかのようだ。

「ちょっと大丈夫？」

さすがにこれには罪悪感が湧いてきた。

以前の交際の失敗を踏まえて少しは素直になろうと思ったのだが、虎太郎をここまで驚かせてしまうとは思わなかったのだ。

言った瞬間には何とも思わなかったが、動揺する虎太郎の顔を見ているとじわじわと恥ずかしさが込み上げてくる。

なのでやりきれなくなって、思わず顔をそむけてしまった。

「らしくなかったよね、ごめん」

「い、いえ！」

虎太郎は強く否定した。

そして突然手が伸びてきたと思ったら、両肩を掴まれて無理やり振り向かされる。

抵抗する暇もない。

顔の距離が近くて眼鏡がぶつかりそうだ。

「な、なに」

「いや、どんな顔しとるんかなって思って」

そんな理由で振り向かせないでほしい。

ますますやりきれなくなってしまうじゃないか。

もうこの場から逃げ出してしまいたくなったが、虎太郎の手はがっしりとれんげの両肩を掴んだままで、逃げることはできそうになかった。

「そろそろ離して……」

「離しません！」

虎太郎の顔には、熱を帯びた笑みが浮かんでいる。

「れんげさんが嫉妬してくれるなんて思わんかったから、俺嬉しくて……」

なにやらよく分からない喜びポイントにヒットしたらしい。

喜ばれるのは勝手だが、そうはっきり嫉妬したと言われるとこちらも恥ずかしいものがある。

身をよじって逃げようとするが、やっぱり逃げられない。

やっぱり迂闊に素直になるものではない。れんげはこの日そう心に刻み込んだのだった。

後日、虎太郎はコンタクトにするのではなく、レンズを薄くする加工をした新しい眼鏡を買ってきた。

それをかけてやけにいい笑顔を向けてくるので、れんげはしばらく虎太郎の顔をまともに見られなくなってしまった。

◎主な参考文献

『京町家の春夏秋冬　祇園祭山鉾町に暮らして』　文英堂／小島冨佐江
『菓子の文化誌』　河原書店　赤井達郎
『吉田探訪誌　平安京を彩る神と仏の里』　ナカニシヤ出版／鈴鹿隆男
『安倍晴明『簠簋内伝』現代語訳総解説』　戎光祥出版／藤巻一保
『歴史の中の日本料理　日本料理のアイデンティティを知る』　振学出版／四條隆彦
『宮中のシェフ、鶴をさばく　江戸時代の朝廷と庖丁道』　吉川弘文館／西村慎太郎

◎取材協力
京都弁監修：カンバヤシ

京都伏見のあやかし甘味帖

虎太郎のオススメ
京都甘味案内

紫野源水《むらさきのげんすい》
有平糖《ありへいとう》（照《て》り葉《は》）

紫野源水
京都府京都市北区小山
西大野町78－1

ガラス細工のように繊細で、美しく透き通っている有平糖。砂糖と水飴を煮詰めて作られています。有平糖の語源となったのは、ポルトガル語で砂糖菓子という意味の「alfeloa（アルフェロア）」、あるいは「alfenim（アルフェミン）」とされ、南蛮由来の古くからある飴菓子です。季節によって意匠が異なる限定品が出ているのが特徴的。

こちらは秋の限定品『照り葉』といいます。紅葉し始めた葉を象っており、手作業で作られているため、一つ一つのグラデーションや葉脈が異なるのです。

別格
別格クロワッサン

別格　京都駅京店
京都府京都市下京区烏丸通塩小路下る
東塩小路町901
京都駅ビ2F「京名菓・名菜処　京」内

生八ッ橋の『おたべ』を製造する『美《び》十《じゅう》』が運営するパン屋で、高級食パンとクロワッサンを扱っています。作中でれんげが立ち寄ったのは京都駅京店。国産の発酵バターをふんだんに使用したクロワッサンを買ってきていました。

クロワッサンには様々な種類があり、サクサクふんわりとした生地との組み合わせが楽しいです。クロワッサンを切った中につぶあんとバターを入れた「あんとバター」は、絶妙な〝あまじょっぱさ〟が癖になります。他にもあんこ＋カスタードや、生チョコ、紅茶などの味が揃っています。

YAMASHO
いとためのぼたもち

YAMASHO　いとためEAT店
京都府京丹後市大宮町周枳1670

京丹後《きょうたんご》市にあるスーパーマーケットで売られているぬれおはぎは、おはぎマニアも絶賛するほどの味。通販はあるものの、すぐに売り切れてしまうので、現地へ行かなければなかなかありつけない限定品です。

素材にこだわり、手作りしているおはぎ。あんこはてんさい糖と和三盆糖で甘みとコクを出しており、もち米は粒が残ったもちもち感。あんこはもち米を包むのではなく、かかっているような形。箸で持つのも苦労するほどの柔らかさと、ふんわりとした優しい甘さが、口の中を幸せにしてくれます。その柔らかさは「飲める」と言われるほどです。

山水會《さんすいかい》 彩瓢菓選《さいひょうかせん》

　老舗和菓子のご主人たちが有志で発足した集まりで、「鍵善良房」「亀屋良長」「亀屋吉永」「塩芳軒」「笹屋春信」「千本玉壽軒」「鶴屋弦月」「二條若狭屋」「船屋秋月」「三木都」「八堀日之出堂」の11軒が参加しています。『彩瓢菓撰』はこの山水會の11軒をイメージした干菓子の詰め合わせで、無病息災が願われています。それぞれの色合いや味が楽しめる、彩り豊かな詰め合わせとなっています。

　ただし、こちらのお菓子はJR京都伊勢丹25周年限定商品なので、今後手に入るかは不明です。山水會のコラボ商品は、見逃さずにチェックしておきましょう。

花びら餅

お正月になると食べるお祝いのお菓子として親しまれている「花びら餅」は通称で、正確には「菱《ひし》葩《はなびら》餅」と言います。起源は平安時代に行なわれていた新年行事の「歯固め」に遡ります。長寿を祝って固いものを食べる風習なのですが、元々は大根や猪肉、鮎の塩漬けなどを使用していたそうです。江戸時代になると、その風習を模した菓子として広まり、後の「花びら餅」になった、とされます。

「花びら餅」の中にはゴボウとみそあん、菱形で紅色のついた餅が入っています。このゴボウが「歯固め」の鮎を見立てたものになっており、長寿を願う意味があります。白く薄い餅（求肥の場合も）の中からほのかに見える紅色が、新春の温かさを感じさせます。

本家西尾八ッ橋
しら餅《もち》

本家西尾八ッ橋　本店
京都府京都市左京区　聖護院西町7

八ッ橋は米粉と砂糖、ニッキ（シナモン）を使った和菓子で、堅焼きにした煎餅が元々の形。生地を焼かない生八ッ橋はもちもちの食感が人気となっています。この「しら餅」は、その生八ッ橋の元祖とも言えるものです。生地を平べったくはせず、丸い形にしています。ここにきな粉と黒蜜をかけていただきます。

しら餅からは八ッ橋と同じニッキの香りがしてきて、大きく丸めた生八ッ橋を食べているよう。あんこは入っていないので、質素な甘みですが、食べ応えはばっちり。虎太郎たちのように、大福茶と一緒に、ほっとするひと時を過ごしてみましょう。

長久堂
鳰《にお》の浮巣《うきす》

長久堂
京都府京都市北区
上賀茂畔勝町97－3

琵琶湖に住む鳰という鳥は、葦《あし》の間に巣を作り、水の上に浮いているように見えるといいます。その巣を象った葛湯が、この『鳰の浮巣』です。和三盆のお菓子のように固められた葛菓子の塊を湯飲みの中に置き、湯を注ぐことでとろみのついた葛湯ができあがります。くるくるとかき混ぜていると、溶けた塊の中からはひとつがいの鳰が浮かび上がってきます。鳰は夫婦で巣作りをし、卵の世話も行う仲睦まじい鳥です。葛湯の中に浮かぶ鳥のつがいを見ていると、心も安らいでくるでしょう。

味は吉野葛、抹茶、こし餡の三種類。暑気払いのために、夏に飲むのも京都人の粋。

あやかし集合
神様・人物紹介

宇《う》迦《か》之《の》御魂《みたまの》大神《おおかみ》

お稲荷さまと同一視される有名な食物神です。伏見稲荷大社の祭神であり、穀物、農耕、商工業の神様とされます。「ウカ」とは穀物・食物の意味があり、同じ意味の「ウケ」「ケ」の名前を持つ女神と習合していきます。性別のわかる記述のない神様ですが、生命力や稲の霊が女性的なものであると考えられていたため、女神として信仰されてきました。

伏見稲荷大社の社伝では「和銅四年（711年）に稲荷山三ヶ峰に稲荷神が鎮座した」と書かれており、その頃から稲荷信仰は厚かったことが伺えます。伏見稲荷大社は全国に約三万社ある稲荷神社の総本宮であり、稲荷信仰が日本全国に強い影響を与えていることが伺えます。

神使の狐

稲荷神社に置かれている狐は、稲荷神の神使です。稲荷神と狐の関係は、別名である「御饌津神」の「ケツ」が狐の古い呼び名であったこと、狐が稲のなるころに現れるから、など諸説あります。

伏見稲荷大社には、狐を祀る社があります。かつて、世の人々に尽くしたいと申し出た白狐の夫婦がおり、稲荷神の眷属となることで仕えたといいます。伏見稲荷大社に三殿ある社の内、上ノ社には小薄、下ノ社には阿古町、中ノ社に黒鳥を祀ったとされます。現在は上・中の社がなくあんってしまっており、下ノ社が白狐社として現存しています。黒鳥という狐に関しては情報がなく、どんな狐だったのかわかっていません。

晴明神社

安倍《あべの》晴明《せいめい》

平安時代の陰陽師。天徳四年(960年)に天文博士となり、村上天皇や花山天皇、藤原道長らの下で日本の陰陽道を確立した、始祖とも言える人物です。星や雲の動きから、宮中の異変や遠方での吉凶を読み取り、病に伏せる一条天皇を禊によって回復させたり、雨乞いによって旱魃に苦しむ人々を救ったりなど数々の逸話があります。白狐の葛の葉を母に持つという伝説もあり、『大鏡』『今昔物語集』では彼が式神を自在に操ったとされる説話が残されています。

現在の京都には晴明の屋敷跡とされる一条戻橋のすぐ近くに晴明神社が建てられており、晴明が祭神として祀られています。酒好きの老人だったかどうかは定かではありません。

写真：写真AC

吉田神社

藤原山陰《ふじわらのやまかげ》

平安時代の公家で、越前守であった藤原高房の三男。公家として従三位・中納言となった一方で、光孝天皇から今までとは別の新たな庖丁式（料理）を編み出すよう命じられ、現代にも伝わる日本料理の流派・四条流庖丁式の創始者となりました。遣唐使を通じて大陸から伝わった食習慣や調理法を、故実という形でまとめ、調理や調味に新たな様式を加えていったのです。この経緯から吉田神社の末社である山蔭神社では、庖丁の神、料理・飲食の祖神として祀られています。

おとぎ話や説話にも名を残しており、『鉢かつぎ』では鉢かつぎ姫を助ける公家として登場、『今昔物語集』では山蔭が助けた亀が、子供を救ったという説話が収録されています。

写真：写真AC

牛頭天王《ごずてんのう》

京都の感神院祇園社（八坂神社）の祭神であり、蘇民将来《そみんしょうらい》説話の武塔神《むとうしん》と同一視される神。巨躯にして牛の頭と赤い角を持つ牛頭天王は、旅の途中で宿を求めていたところ、裕福な弟の巨旦《こたん》将来は求めを断り、貧乏な兄の蘇民将来は受け入れてくれました。蘇民の心意気に感謝した牛頭天王は願い事が叶う牛玉を授けたといいます。

　こういった話も、武塔天神の話が変化したものであり、その他にも神仏習合や政治的な影響によって神格が変化しています。疫病を防ぐ神であり、薬師如来を本地仏とし、素戔嗚尊と同体であるともされます。祇園精舎の守護神であったことから、牛頭天王を祀る場所は「祇園」と称されるのです。

木島神《このしま》

木嶋坐天照御魂神社《このしまにますあまてるみたまじんじゃ》は木島神社、蚕ノ社などとして親しまれる神社であり、そこには五柱の祭神があるとされます。元々は「天照御《あまてるみ》魂神《むすびのかみ》」を祀ったとされますが、この神様は天照大御神とは別の太陽神なのです。古来から祈雨《きう》の神として信仰され、京都における太陽信仰の場として祀られてきました。

　れんげたちが出会った蚕の神様としての木島神は、本殿と並んである養蚕神社の祭神の側面が出た姿だったようです。養蚕、織物、染色の祖神とされています。平安遷都以前から日本に渡来し、京都の地に養蚕などを広めた秦《はた》氏ゆかりの神社とも言われています。古くからある神社のため、養蚕や祈雨、太陽信仰などが複雑に混ざり合っているのです。

※本書は書き下ろしです。
この物語はフィクションです。作中に同一の名称があった場合でも、
実在する人物、団体等とは一切関係ありません。

宝島社
文庫

京都伏見のあやかし甘味帖
欠けた朱雀の御石探し
(きょうとふしみのあやかしかんみちょう　かけたすざくのおいしさがし)

2023年10月19日　第1刷発行

著　者　柏てん
発行人　蓮見清一
発行所　株式会社 宝島社
〒102-8388　東京都千代田区一番町25番地
電話：営業 03(3234)4621／編集 03(3239)0599
https://tkj.jp

印刷・製本　株式会社 広済堂ネクスト

ISBN 978-4-299-04801-1